Theodor Aalberger

Die Galäer
Das Schwert des Hewero

Alle Personen und Geschehnisse dieses Romans sind frei erfunden.
Ähnlichkeit mit lebenden Personen und tatsächlichen Geschehnissen
wären rein zufällig.

AF138659

Copyright © 2014 by Theodor Aalberger, Völklingen
Auflage 1 (2. Edition)
Covergestaltung by Theodor Aalberger
Herstellung und Verlag:
Books on Demand GmbH, Norderstedt

ISBN: 978-3-7347-3273-7

Die Galäer
Das Schwert des Hewero

Einführung

Die folgende Erzählung wurde von dem alten Magier Gyl aufgeschrieben, welcher der Ururnachfahre des Magiers Bytho war, der persönlich in die Geschehnisse jener vergangenen Zeit verstrickt wurde.
Um möglichst nah am Wesen der damaligen Zeit teilhaben zu können, wurde die Erzählung so wiedergegeben, wie sie der alte Magier seiner Zeit verfasst hatte.
Dies gilt sowohl für die Schreibweise der Worte, als auch für den Satzbau.
Lediglich die Unterstreichung der wörtlichen Rede wurde der Originalschrift hinzugefügt.

Die nun folgende Geschichte ist also wahr. Sie ereignete sich vor etwa 228 kleinen Mondperioden* in einer fernen Welt.

---

* eine kleine Mondperiode = 2 Erdenjahre

Die Völker der Galäer:

Zunächst einmal gab es die Sae:

Die Sae waren menschenähnliche wesen die sich von uns darin unterschieden dass ihre augen nicht waagerecht sondern senkrecht im gesicht platziert waren. Sie hatten ausschließlich schwarze haare grüne pupillen und waren zwischen 1,75 meter und 1,85 meter groß. Je nach rang den sie in ihrer dorfgemeinschaft besaßen trugen sie ihre haare umso länger je höher ihr stand war. Der kleinstgeistige dorfbewohner trug von je her eine glatze und keinen bart. Die weiblichen Sae durften in diesem rang neben dem fehlenden haupthaar keine augenbrauen tragen. So kam es dass die dorfältesten und der dorfführer langes haar und einen ebenso langen bart trugen.

Die kleidung der männlichen Sae bestand aus einem blauen oder grünen leinenhemd einer aus lederartigem stoff gegerbten hose und lederschuhen. Die Sae die nicht in der landwirtschaft arbeiteten sondern kämpfer waren trugen zusätzlich noch einen leichten oder schweren eisenbrustpanzer unter der leinenkleidung. Ihr stoff war in allen fällen schwarz.

Dasselbe galt für die kriegerinnen.

Die weiblichen Sae die in der landwirtschaft oder in der aufzucht der nachkommen ihr tagwerk gefunden hatten trugen hingegen beige oder hellrotfarbene der entsprechenden figur zugeschnittene einteilige kleider.

Neben den Sae lebten noch die Hulso in Galä:

Die Hulso waren magier. Magier wurde man indem man die hohe schule der Hulso zehn kleine mondperioden lang besuchte und dann die prüfung für den erhalt des zertifikats der Hulso bestand. Diese schule durften nur Sae besuchen die von magiern als würdig für diese ehre gehalten wurden. Nur ihnen stand es zu langes haupthaar zu tragen dass bis über die gürtellinie reichte. Die bärte der Hulso reichten grundsätzlich bis zu den knien der männer.

Natürlich gab es auch weibliche magier in Galä. Diese wurden Hyso genannt:

Die weiblichen magier wurden ebenso wie die männlichen ernannt und ausgebildet. Ein unterschied zu den Hulso bestand darin dass die Hyso nicht unter den Sae lebten sondern einen eigenständigen orden mit einem eigenen tempel besaßen indem alle Hyso ihr heim fanden. Die weiblichen magier erkannte man an ihren ausschließlich weißen gewändern und an ihren über ihren eigenen kopf hinausragenden ohrspitzen.

Neben diesen anständigen und guten leuten die übrigens alle Gälisch sprachen lebten auf Galä natürlich auch finstere gestalten böse kreaturen die sich der schwarzen magie und der dunklen seite verschrieben hatten. Sie lebten in Gongola wo es den ganzen tag über dunkel war und regnete.

Als erstes wären hier die Sors zu nennen:

Die Sors waren große schwarze kämpfer die einen wolfskopf einen mit langen borstenartigen dunkelgrauen haaren übersäten körper besaßen und schwarze augen als typische kennzeichnungen ihr eigen nannten. Sie waren etwa zwei meter groß hatten ein raubtiergebiss und trugen für gewöhnlich eine schwarze vierfach geschmiedete stahlrüstung die ihnen bis zu den knien reichte. Eine sprache beherrschten diese kleinstgeistigen kämpfer nicht. Sie verständigten sich über zeichen und knurrlaute. Als letzte gruppe sind nun noch die Suno zu nennen:

Die Suno waren die magier der dunklen seite. Sie unterschieden sich von den Hulso nur darin dass sie keine hellen sondern dunkle gewänder trugen. Sie sprachen ebenfalls Gälisch.

All diese bewohner Galäas konnten auf natürlichem wege etwa hundert kleine mondperioden alten werden.

Nun wissen sie über die einzelnen gruppen die auf Galä lebten bescheid.

Beginnen wir nun mit der geschichte:

0. kapitel

Die vorerzählung

Es war vor zweihundertachtundzwanzig kleinen mondperioden als der könig Hewero und seine frau die königin Mena über die aufteilung ihres landes Galä beraten wollten. Als mögliche erben kamen ihre beiden zur gleichen zeit empfangenen nachkommen ihr sohn der Hyno und ihre tochter die Lyna in frage. Der herrscher wollte seinen besitz zu gleichen teilen an seine kinder weitergeben aber seine gemahlin die königin Mena hatte etwas dagegen. Sie wollte dass einzig ihr sohn der Hyno der erbe des reiches wurde da man ihrer tochter verbotene kontakte zu einem magier der dunklen seite nachsagte. Man erzählte sich dass es sich hierbei um den Suno Assys handelte der seit vielen kleinen mondperioden immer wieder aufs neue versuchte den konig zu entmachten um seinerseits den thron von Galä zu besteigen damit er herrscher über das gesamte land sein konnte. Der Assys war einst einer der treuesten weggefährten des Hewero bis es eines tages zum streit zwischen den freunden kam. Als der Assys zum Hulso ernannt wurde versuchte er die Mena zu besteigen um mit seinem rang und ihrem blut eine neue überlegene rasse halb Sors halb Sae zu erschaffen damit er eine armee perfekter krieger entstehen lassen konnte die dann des Heweros vater entthronen sollten und ihn zum herrscher über Galä werden ließen bevor der Hewero selbst könig werden

11

konnte. Die Mena war als einzige Sae in der lage diese art der kreuzung zweier rassen entstehen zu lassen da sie eine direkte nachfahrin des ehrwürdigen Zuoly war und nur deren blut war rein genug um eine solche entstehung zu vollführen.

Als der Hewero davon erfuhr ließ er den Assys nach Gongola verbannen.

Nachdem das königspaar dann die Lyna empfing hatte der magier geschworen dass er seinen plan mit der tochter des Hewero in die tat umsetzen werde.

Er würde sich ihres körpers ermächtigen und eine überlegene rasse schaffen mit der er dann über Galä herrschen würde.

Um dem entgegenzuwirken bat der Hewero den magier Alhyo einen fluch über den Assys zu legen. Dieser zauber sollte bewirken dass überall wo der Suno auftauchte dunkle wolken von seiner ankunft zeugen sollten so dass es ihm fortan nicht mehr möglich war sich ungesehen außerhalb von Gongola zu bewegen. Dieser plan des königs hatte jedoch einen makel. Während einer nacht konnte sich der Assys unbemerkt der Lyna nähern und ihr in gestalt eines kleingeistigen mädchens einen wohlschmeckenden trank gegen die herausgabe einer kartoffel verabreichen. Dieses magische getränk sollte bewirken dass der Lynas geist dem willen des Assys hörig wurde. Jedoch war ein weiblicher Sae mit dem reinen blut der Zuoly gegen eine derartige beeinflussung von außen nicht zugänglich und erneut scheiterte der dunkle magier in seinem vorhaben.

Zu ungunsten der Lyna beobachtete einer ihrer begleiter die verwandlung des kleinen mädchens in den Assys und berichtete dies ohne verzögerung der königin. Die wiederum entschied dafür sorge zu tragen dass ihr gemahl niemals von dieser dunklen kunde erfahren durfte da er sonst womöglich den sofortigen tod der einzigen trägerin des blutes des Zuoly befehlen würde. Leider hatte die Mena selbst nichts von der immunität des blutes gegen die verabreichung von magischen tränken gewusst so dass die Mena den tod der nachkommin befehlen wollte.

Bevor man der verwunschenen Sae allerdings das lebenslicht auslöschen durfte musste sie eine weitere weibliche nachkommin geboren haben damit das reine blut weitergegeben werden konnte. Dies sollte aber nun im geheimen ohne kenntnis der außenwelt geschehen damit der Assys niemals von der existenz dieses hochwohlgeborenen mädchens erfahren würde.

Die Lyna selbst wurde nie von ihrer Mutter über den möglichen zauber den der Suno ihr zugetragen hatte in kenntnis gesetzt.

Die tochter wurde alsbald von der königin auf eine längere reise zu einer wahrhaftig entfernten verwandten geschickt. Hier lernte die junge dame dann den krieger Reabo kennen der sie nicht nur regelmäßig bestieg sondern ihr auch ihren ersten nachkommen zeugte. Es handelte sich hierbei um die von der Mena so sehr ersehnte tochter.

Kurz nach der empfängnis wurde die königin schwer krank. So krank dass nicht einmal mehr der zauber des

Alhyo ihr leiden erträglicher werden oder gar ganz verschwinden ließ. Es war nur noch eine frage von tagen bis es mit ihr zu ende ging.

Da der Hewero ein leben ohne seine Mena nicht führen wollte entschied er sich seine herrschaft an seine nachkömmlinge zu übertragen um sich dann gemeinsam mit seiner geliebten Mena das licht des lebens zu löschen.

Um ihr volk zu schützen fasste die Mena den plan die Lyna des nachts von einem kleinstgeistigen Sae töten zu lassen damit sie auf gar keinen fall eines tages königin über einen teil oder gar das gesamte Galä werden konnte. Leider misslang der versuch ihr das licht zu nehmen.

Da der zum mord bestimmte Sae der Lyna den auftraggeber der tat offenbarte fasste diese nun ihrerseits den entschluss ihrer mutter das lebenslicht auszulöschen.

Sie ließ ihren mann und ihre tochter zurück im fernen land und kehrte in einer klaren nacht an den hof des königs zurück.

Gerade als sie ihren dolch zum zwölften mal in die brust ihrer erzeugerin stach betrat der Hewero das schlafgemach und er reagierte zornig.

Der könig befahl seinem magier die Lyna umgehend in das dunkle land zu verbannen.

Der Alhyo tat was ihm befohlen wurde. Ebenso wie seinen feind den magier Assys verdammte er auch seine tochter dazu dass ihre anwesenheit außerhalb Gongolas mit dunklen wolken gekennzeichnet wurde.

14

Es dauerte nicht lange und der Assys erfuhr von der tat der Lyna und ihrem grausamen schicksal. Er begann damit nach der tochter des Hewero zu suchen.

Währenddessen ließ der könig verkünden dass er sich selbst das lebenslicht beim nächsten großen halbmond nehmen würde um wieder mit seiner dahingeschiedenen Mena vereint zu sein. Sein sohn der Hyno sollte ab jenem tag der herrscher über das reich Galä sein. Als zeichen für die macht des königs ließ er ein schwert herstellen in dessen griff eine purpurfarbene perle eingearbeitet wurde die den fluch der auf der Lyna und dem Assys wirkte aufrecht erhielt. Nur wenn sie in den besitz dieses schwertes kamen konnten sie den fluch beenden und waren frei.

Weiterhin wurde verfügt dass der fluch nur dann aufgehoben werden konnte wenn das schwert des Hewero von einem der verfluchten am tage des erscheinens des vierten mondes dem mond der Pysta gen himmel gestreckt wurde und sich die perle mit der energie seines weißen und reinen lichtes füllte.

Damit niemand das geheime versteck des schwertes des Hewero herausfinden konnte verfügte der könig dass sein genauer standort immer nur vom obersten Hulso zu dessen nachfolger weitergegeben wurde. Nicht mal der Hewero selbst wusste wo sich das schwert befand.

Als nun der nächste große halbmond gekommen war machte der Hewero seine ankündigung wahr und löschte

sein lebenslicht mit einem magischen trank den ihm der Alhyo braute aus.
Von nun an war der Hyno herrscher über Galä.

Es dauerte ganze drei mittlere mondperioden bis der magier Assys die prinzessin von Galä gefunden hatte. Allerdings war es ein leichtes für ihn sie für seine seite zu gewinnen. Er legte der jungen Sae seinen finsteren plan offen und sie konnte sich mit dessen umsetzung anfreunden.
Da sie befürchtete dass sie unter ihrem grausamen mord und ihrer starken bindung zu ihrer familie leiden könnte bat sie den dunklen magier ihr gedächtnis für immer auszulöschen.
Während der Hyno weise und klug regierte schmiedeten die Lyna und der Assys dunkle pläne um sich von ihrem auferlegten fluch zu befreien und sich dann die herrschaft über Galä anzueignen.
Da der mond der Pysta nur alle acht große mondperioden** erschien und die letzte erscheinung vor sieben großen mondperioden war blieb den beiden nicht mehr viel zeit um eine armee zu formieren und das schwert des Hewero zu finden.
Es war nun also an der zeit dass die Lyna den pakt mit dem Assys einging.

** 1 große mondperiode = 3 erdenjahre

Kurz bevor sie seinen trank des erinnerungsverlustes einnahm machte sie sich noch eine kurze notiz auf ein papier und legte es in ein kleines fach neben ihrer neuen schlafstätte im palast des Assys. Dann nahm sie den trank ein. Kurz darauf bestieg der magier die junge Sae - mit erfolg.
Nun konnten sie mit der echtwerdung ihres planes beginnen.

1. kapitel

Großes unheil

Eine halbe große mondperiode später.

Im reich des Hyno war alles in bester ruhe. Die arbeiter gingen ihrem tagwerk nach und die krieger verteidigten die stellungen und gemeinden der Sae gegen die allnächtlichen angriffe der schattenkrieger der Lyna. Immer noch war es der schwester des königs nicht gelungen den geheimen ort zu entdecken an dem der magier Alhyo das schwert des Hewero versteckt hatte.

Um ganz sicher zu gehen dass es fast unmöglich war es in der vorgegebenen zeit zu entdecken wurden von dem könig Hyno über das gesamte land von Galä nahe zu fünfundzwanzigtausend krieger an orte gesandt die in kleinen festungen in denen sich vielfache des begehrten schwertes befanden damit beauftragt diese mit ihrem lebenslicht zu verteidigen um so die täuschung zu erzeugen es würde sich jeweils um das echte schwert des Hewero handeln.

Um sich besser gegen die angriffe der übermächtigen krieger verteidigen zu können wurden eine große anzahl riesiger baumflächen abgeholzt und die festungen inmitten der neugeborenen lichtungen gebaut damit der feind sich nicht unbemerkt in der dunkelheit nähern konnte.

Die schattenkrieger des Assys waren aufgrund ihrer lebensweise in Gongola nicht in der lage sich bei tageslicht

19

tatkräftig fortbewegen zu können. Sie bedurften der dunkelheit der nacht oder eines dichten gewälds mit hohen baumkronen und stark ausgezeichnetem blattwerk dass das unterholz dunkel genug für die lakaien des bösen werden ließ.

Zu ungunsten des Hyno gab es mehr als genug von solch dichtem gewäld in Galä. Immer wieder kam es zu täglichen angriffen vor allem gegen die Hulso die dann von den Suno in ihres gleichen umgewandelt wurden die dann mit ihrem wissen über die streitposten und die verteilung der festungen in Galä wichtige dienste für den Assys leisteten.

Doch dies alles nutzte dem dunklen magier nichts solange er nicht den herr der Hulso den mächtigen magier Alhyo in seinen fängen wusste da nur er den geheimen standort des schwertes des Hewero preisgeben konnte.

Aus diesem grund verbrachte der weise magier die meiste zeit des tages im palast des Hyno der sich inmitten der hauptgemeinde des landes in Galoa befand. Um Galoa herum wurden zum schutz des magiers alle bäume im umkreis von fünf aoak*** gerodet. Weiterhin wurden alle vier oaak**** posten errichtet und jeweils im abstand von einem aoak festungsmauern um die hauptgemeinde aufgestellt.

So war der Alhyo weitestgehend gegen eine mögliche verschleppung durch die lakaien des Assys geschützt.

*** *eine aoak = hundert meter*
**** *eine oaak = vierzig meter*

Dann begab es sich eines tages dass ein schattenritter des nachts einen seher aus Galoa ergreifen und mit sich nach Gongola führen konnte.

Dort wurde er dann der Lyna und dem Assys übergeben. Die Lyna stand nun kurz vor der empfängnis ihres ersten gemeinsamen kindes mit dem dunklen magier. Dieser konnte den seher mit seiner macht dazu bringen ihm zu verkünden wann der magier Alhyo sich in die wälder um Galoa begeben würde um dort nach seltenen kräutern und wurzeln für seine magie zu suchen. Diese besonderen zutaten waren nur an den dunkelsten orten des gewälds zu finden so dass es ein leichtes für die übermächtigen schattenritter war den hüter des größten geheimnisses von Galä in ihre gewalt zu überführen und ihn dann dem Assys zu übergeben. Einzig das tragen eines schutzumhanges der den magier für dunkle mächte unsichtbar erscheinen ließ stellte eine kleinere schwierigkeit dar.

Allerdings hatte der schwarze magier bereits einen plan in der hinterhand wie er auch dieses problem lösen konnte.

Als der seher nun bescheid gab an welchem abend der Alhyo das dichte unterholz aufsuchen werde machte sich der Assys mit fünf schattenrittern und dem übersinnlichen auf den weg zur genannten stelle.

Etwa eine seok***** nachdem der weise magier den weitesten schutzwall von Galoa verlassen hatte erreichte er das äußere gewäld und legte seinen schutzumhang über.

***** eine seok = eine stunde

21

Es begann gerade zu dämmern. Es war unbedingt erforderlich dass der Alhyo des nachts in das gewäld stieg da sich nur dann eine ganz besondere pflanze öffnete deren samen er benötigte um einen speziellen trank zu brauen der ihn gegen jede art von zungenlösender magie immun werden ließ damit er auf gar keinen fall gegen seinen willen den ort an dem das schwert des Hewero versteckt gehalten wurde preis gab.

Das gewäld von Galoa war dicht mit bäumen besetzt die zum größten teil über drei oaak hoch waren und deren umfang häufig über einen halben oaak maßen. Unten am boden war ein dauerfeuchter mit moosartigen pflanzen bewucherter grund zu finden auf dem es ein leichtes war wegzurutschen. Auf den ästen der großen bäume befanden sich eulenartige flugtiere mit hellgrünen augen die jeden eindringling in ihr reich beobachteten. Diese tiere fielen ständig durch ihre hohen gesänge auf die es einem jeden Sae oder Hulso unmöglich machten sich unbemerkt in den Wäldern von Galä fortzubewegen.
Nachdem sich der Alhyo etwa eine halbe seok im gewäld vorgearbeitet hatte war er fast am ziel seines weges angelangt. Er sah nach oben und er erkannte dass die drei monde von Galä in vollem umfang hell am himmel standen und dass ihr kräftiges licht die nacht nicht so dunkel werden ließ wie es sonst zu jener jahreszeit üblich war. Er blickte sich um. Besonders auf die schwarzen flugtiere mit namen Klereo[+] musste er seine

[+]Klereo = raabe

22

aufmerksamkeit richten. Sie waren die späher des Assys. Durch ihre augen konnte der dunkle magier sehen. Wo sie auftauchten war auch er. Gerade in der nacht konnte sich der herr der schwarzen mächte von einem moment zum anderen an jeden beliebigen ort an dem sich ein Klereo befand aufmachen.

Es war niemand zu sehen. Kein Flugtier weit und breit. Der Alhyo spitzte die ohren. Es war kein laut zu vernehmen. Auch die grünäugigen flugtiere schwiegen. Es verging eine weile in der nichts passierte. Dann vernahm der weise magier plötzlich ein knacksen. Er duckte sich herunter legte seinen mantel komplett über seinen körper und wartete.

Nach einer weiteren weile erhobt sich der sechzig große mondperioden alte Hulso wieder und sah zum sternenzelt hinauf. Die monde schienen in hellem licht. Er entschloss sich seine reise fortzusetzen und bog nun einen kleinen steil bergab gehenden pfad hinab. Nun war er inmitten des gewälds angekommen wo seine reise auch ihr ziel fand. Kurze zeit nach seiner ankunft öffnete sich die gesuchte pflanze und er begann die samen dieses seltenen naturkindes zu entnehmen. Da es ihm nicht gelang sich frei zu bewegen solange er seinen schutzmantel trug sah er sich noch einmal um bevor er den umhang bei seite legte. Er bückte sich hinunter und entnahm seiner mitgeführten tasche einen langen scharfen dolch mit dem er nun die blume ausnahm.

Plötzlich hörte er wieder einen knacksenden laut. Er richtete sich auf und sah sich um. Erneut war nichts zu entdecken. Dann blickte er gen himmel und musste erkennen dass sich die monde hinter einer dicken dunklen wolkendecke versteckten. Der magier wusste was das bedeutete. Der Assys musste sich in seiner unmittelbaren nähe befinden. Schnell griff er nach seinem schutzmantel und stülpte ihn über. Gerade noch rechtzeitig gelang ihm dies denn den sechzigsten teil einer seok danach erreichten die dunkeln streiter um den schwarzen zauberer den ort an dem sich der Alhyo befand. Der seher hatte sie an die richtige stelle geführt.

Wo ist der weise magier nun wollte der Assys von dem seher wissen.

Er sollte sich meiner sehung nach genau hier an diesem ort befinden mein herr entgegnete der übersinnliche. Der Assys sah sich eine weile um dann entdeckte er die oben angesprochene pflanze.

Er ist hier gewesen. Er ist nicht ganz fertig geworden mit seiner entnahme stellte der dunkle zauberer fest und fuhr fort:

Er muss sich noch ganz in der nähe befinden. Wahrscheinlich trägt er einen schutzmantel. Bringt mir den Kobo[++] forderte der Assys die schattenkrieger auf.

Gesagt getan. Sofort als das flugtier den in den mantel

[++]_Kobo = eulenartiges flugtier mit grünen augen und einem hohen gesang_

gehüllten magier wahrnahm denn für den vogel war er nicht nicht zu erkennen begann er seinen hohen gesang. _Zeige mir den weg oh mächtiger Kobo_ beschwor der magier seinen abgerichteten vogel und dieser kreiste über dem Alhyo. Die schattenkrieger umzingelten den alten mann der keine möglichkeit hatte zu entfliehen. Flink nach seinem magischen stab suchend musste er erkennen dass er ihn nicht mehr bei sich trug. Er hatte ihn zu dem zeitpunkt verloren als er das erste knacksen vernahm. Er hatte diesen laut selbst verursacht als er sein zauberwerkzeug in zwei teile trat.
Nun war es ein leichtes für die krieger den alten mann zu fassen und ihn zu ihrem herrn zu tragen. Dieser verabreichte seinem widersacher einen magischen trank der ihn zuerst einmal geistig so verwirren sollte dass er ihm den standort des schwertes des Hewero nannte und er sich danach selbst das lebenslicht auslöschte.

Es vergingen etwa fünf seok bis der trank zu wirken begann da bis dahin noch die magische kraft der besonderen pflanze ihre wirkung entfalten konnte. Nun aber stand der Alhyo kurz davor der magie des Assys zu unterliegen.
Zu dieser zeit hatte der Bytho angefangen sich um seinen Hulso kollegen zu sorgen. Der Bytho war ein vierzig mittlere mondperioden alter magier der als der legitime nachfolger des Alhyo galt. Normalerweise war der ältere zauberer immer nach drei bis vier seok wieder zurück in den palast gekehrt. Da nun aber bereits über sechs seok

25

vergangen waren sah sich der magier zweiten ranges dazu veranlasst seinen könig zu verständigen.

Geschockt von der nachricht des Bytho versammelte der Hyno sofort den notstab. In ihm befanden sich der ranghöchste Hulso ein seher ein ältester und der heerführer der krieger. Dieser führer war der achtundzwanzig mittlere mondperioden alte Hylino ein kindesfreund des königs. Sie berieten nun was zu tun war.

Der Hylino schlug vor einen trupp bestehend aus zehn kriegern einem seher und einem magier in das gewäld zu schicken indem der Alhyo sich aufhalten sollte.

Keine hundertsechzigstel seok später betrat ein späher vom äußersten gemeindewall den saal und verkündete dass sich große dunkle wolken über dem gewäld befänden die auf ein großes unheil hindeuten würden.

Somit war die entscheidung in windeseile gefallen. Der könig verfügte dass sich sofort eine fünfzig krieger starke truppe mit soloken* auf den weg in das gewäld machen sollte. Weiterhin sollten diese mannen von einem seher und einem Hulso begleitet werden. Man durfte keine zeit mehr vergeuden. Da sich außer dem Bytho kein anderer magier im stande sah es mit dem Assys und seinen schattenkriegern aufzunehmen musste der könig den erben des wissens des Alhyo schweren herzens mit ins gewäld ziehen lassen.

Währenddessen hatte der trank des Assys

_____

*soloken = schwarze große pferde mit hellblauen augen und plattenpanzern statt mähnen

26

endgültig über die besondere pflanze gesiegt und die zunge des Alhyo zu einem offenen tor werden lassen. Er erklärte dem dunklen magier dass sich das schwert des Hewero in einer der

tiefsten kammern des berges Asymta am anderen ende von Galä befand.

Da er nun wusste was er erfahren wollte musste der Assys entscheiden ob er bei dem alten magier verweilen sollte bis er sein lebenslicht

ausgelöscht hatte um ganz sicher zu wissen dass niemand sonst wusste wo sich das schwert befand oder ob er sich mit seinen mannen in sicherheit zurück nach Gongola begeben sollte. Er blickte gen himmel und erkannte dass der anbruch des tages noch in weiter ferne war. Darum schickte er den Kobo und einen Klereo auf sich in richtung Galoa zu begeben so dass es ihm nicht entging wenn sich ihm die sucher des Hyno näherten.

Nun war es soweit dass die truppen des königs den rand des gewälds erreichten. Über ihnen schwebten die dunklen wolken als zeichen der anwesenheit des Assys. Furchtlos begaben sich die krieger mit ihren langen dreifach geschmiedeten schwertern ihren stahlrüstungen und den mit eisenplatten geschützten soloken in das dickicht des gewälds. Einige krieger unter denen sich auch weibliche Sae befanden und ebenso der seher waren mit einem eisenhelm ausgestattet der nur eine öffnung für die augen der Sae besaß. Eine geringe zahl an kämpfern führte anstelle des schwertes eine mit vier spitzen versehene stangenwaffe aus sechsfach geschmiedetem stahl mit sich mit dem diese speziellen krieger die rüstungen der schattenkrieger durchstoßen konnten. Der Bytho hingegen trug nur einen schutzmantel und seinen magiestab bei sich.

Angetrieben durch ihren tatendrang übersahen die helfer des königs völlig den Klereo der ihnen unermüdlich folgte indem er hinter ihnen von baum zu baum hüpfte.

Erst als die kämpfer auf einer größeren lichtung ankamen hielten sie ein und der Hylino der anführer der gruppe bat den seher seine übersinnlichen fähigkeiten im sinne der gruppe einzusetzen. Hierbei vernahm die Osa eine der weiblichen kriegerinnen den gesang eines Kobo. Es war jener vogel der von dem Assys darauf angelegt worden war über schutzummantelten magiern zu kreisen. Als sie nun versuchte das flugtier zu erspähen konnte sie die augen des Klereo erkennen. Unauffällig näherte sie sich nun ihrem anführer und setzte ihn von ihrer spähung in kenntnis. Sich nichts anmerken lassend lauschte der führer nun den worten des sehers der ihm verkündete dass es zu einer unterbrechung des Alhyo bei der entnahme des samens der besonderen pflanze gekommen war und dies obwohl sich der magier nicht vom platze der wurzelung der pflanze entfernt hatte.

Nun wusste der Hylino also was zu tun war. Er bat den Bytho zu sich und fragte ihn ob er kenntnis über den einzuschlagenden weg besaß. Der Bytho kannte ihn und so entschloss sich der Hylino einen anderen pfad als den direkten einzuschlagen um so den alles beobachtenden

Assys in einer sicherheit zu wiegen die nicht vorhanden war.
Die gruppe machte sich auf die wurzelung der besonderen pflanze nicht von vorne sondern über den weg einer schleife von hinten aufzusuchen.

Derweil wurde die zeit für den Assys knapp. Sich wohl der übermacht durch die streitkraft des königs bewusst und des langsamen voranschreitens des wahnsinns seines widersachers dem Alhyo unter berücksichtigung des heller werdenden himmels in der ferne - entschied sich der dunkle magier dazu den rückweg anzutreten solange seine schattenritter durch den schutz der dunkelheit und der so möglichen entfaltung all ihrer kraft zur verteidigung des Assys im stande waren.
Eine sechzigstel seok später erreichten die krieger des Hyno den ort des geschehens und fanden den weisen magier wirre gedanken ausdruckend am boden liegen. Aus seinem mund lief eine schaumige klare flüssigkeit. Es war nun an dem Bytho seinen freund zu heilen und ihn über die vorgänge der kurz vergangenen vorzeit zu befragen. Jedoch war der wahnsinn des alten mannes schon soweit fortgeschritten dass es dem Bytho nicht mehr möglich war zu erfahren was dem Alhyo widerfuhr und welche auskünfte er über das geheimnis welches er mit sich trug preisgegeben hatte.
Daraufhin wurde der seher von dem Hylino beauftragt seine übersinnlichen kräfte für die sache einzusetzen und seinem dasein eine berechtigung zu geben. Als er dem

sterbenden Hulso seine hand gegen die stirn drückte erschien vor seinem inneren auge ein gewirr von nicht zu erkennenden darbietungen die er nicht zu deuten in der lage war.

Dann kam dem Bytho ein guter gedanke. Er reichte dem am bodenliegenden freund seinen magischen stab und dieser richtete ihn mit letzter kraft gen die stirn des magier kollegen und offenbarte ihm so das versteck des schwertes von Hewero. Dann sank er nieder und sein lebenslicht war ausgelöscht. Allerdings ging der weise mann nicht ohne einen letzten hinweis auf seinen verrat zu geben. Mit seiner rechten hand formte er das landesübliche zeichen für diese tat. So kam es dass die gruppe um den Bytho ebenso viel weisheit erlangte wie die mannen des Assys.

Umgehend machten sich die tapferen männer auf den rückweg nach Galoa um ihrem herrscher die üble neuigkeit zu verkünden.

2. kapitel

Die reise beginnt

Als die mannen des königs die festung um die gemeinde Galoa erreichten schien bereits wieder die sonne über dem land und es war ein herrlicher tag.
Sofort wurde der Hyno über die schrecklichen ereignisse in kenntnis gesetzt und dieser verkündete nach kurzer überlegung seine entscheidung. Nachdem er einen augenschein auf die landskizze geworfen hatte und sich der entfernung zum berg Asymta klar wurde verfügte er dass sich eine gruppe von acht kriegern dem magier Bytho einem weiteren Hulso nach der wahl des nachfolgers des Alhyo und ein seher sich mit ihm zusammen auf die reise zum schwert des Hewero aufmachen sollte. Weiterhin verfügte er dass sich alle im land befindlichen krieger und kriegerinnen aufrüsten und ebenso auf den weg zu jenem höchsten berg des landes aufmachen sollten dies aber über die pfade zu tun deren weg den der Lyna schneidet um somit zu erreichen dass die verstoßene Sae möglichst erst nach dem könig oder gar niemals am versteck des schwertes ankommen sollte.
Nachdem sich boten und späher aufmachten diese verfügung unter den leuten zu verkünden bestimmte der Bytho den magier Cleto der sich durch jene besondere gabe auszeichnete ein gutes gespür für die taten des Assys zu haben zum begleiter des königs.

31

Kurz danach wurden die soloken gesattelt und die gruppe machte sich auf die reise. Ihre erste station sollte die schmiede des Sarko sein der die gruppe mit besonderen stangenwaffen schilden und schwertern auszustatten berufen wurde damit sich der könig und seine begleiter einer besseren chance gegen die körperlich überlegenen schattenkrieger des Assys gegenüber sehen konnten.

Zu jener zeit geschah es dass die Lyna das erste kind des Assys gebar. Es war ein sohn geworden der unmittelbar nach seinem austritt in den gewahrsam des dunklen magiers überging um ihn zur zucht der neuen rasse von kriegern zu verwenden.
Die Lyna selbst war von ihrer tat so erschöpft dass sie die ersten tage danach gerne in ihrem gemach verbringen wollte was der Assys aber nicht zuließ. Er braute ihr einen magischen trank der ihr ihre kraft und ausdauer wieder schenkte und so war sie in der lage die tatpläne ihres paktbruders gemäß ihrem stand sofort wieder zu unterstützen.
Während der magier sich in seine räumlichkeiten zurückzog um an seiner neuen rasse der überkämpfer zu werken oblag es der Lyna als anrechtlerin auf den thron des Hyno die truppen der schattenkrieger und die untergebenen magier des Assys im kampf gegen ihren bruder zu befehligen. Sie tat dies zusammen mit dem zweitobersten Suno dem Luso.
Diesem besonderen magier wurde die gabe übertragen sich den schattenkriegern verständlich machen zu können um

sie in ihren unzähligen schlachten gegen die mannen des königs zu führen.

Da die schattenkrieger nicht geboren wurden sondern aus den wurzeln der bäume im reich Gongola entstanden war es nun die erste aufgabe des Luso zusammen mit seiner herrin durch die wälder des landes zu streifen und eine geeignete anzahl von kriegern auferstehen zu lassen und sie mit den entsprechenden fähigkeiten und den waffen der Sors auszustatten.

Diese zeit konnte sich die siegessichere Lyna nehmen da das reich Gongola etwa eine zwölftel kleine mondperiode näher am berg Asymta lag als die hauptgemeinde Galoa. Siegessicher war die schwester des Hyno auch deswegen da sie von ihrem paktbruder dem Assys davon in kenntnis gesetzt wurde dass nur er alleine die weisheit des magiers Alhyo erfahren hatte und sonst niemand in Galä lebte der den standort des schwertes von Hewero kannte.

Da sie aber ein gewisses misstrauen gegen den dunklen magier hegte von dem er allerdings kein wissen erlangen sollte befehligte sie den Luso einen Klereo auf die reise nach Galoa zu senden um über die taten ihres bruder in dieser sache weisheit zu gelangen. Der Luso tat zwar was ihm aufgetragen wurde aber er beruhigte seine herrin damit dass er bereits einen „Klereo" auf den weg gebracht hatte der ihm klarheit über die lage des feindes gab.

Währenddessen verließen die mannen des königs das gewäld von Galoa und erreichten über eine große lichtung die nächste baumsiedlung in deren mitte der schmied

Sarko seine heimat gefunden hatte. Auf dem weg zu seinem alten freund wurden die zweifel des Hyno den berg Asymta rechtzeitig vor der schwester erreichen zu können von der übersinnlichen weisheit des sehers der die mannen des königs begleitete nicht gerade ausgelöscht. In seinem spiegel der übersinnlichkeit durch die auch nicht mit der gabe der übersinnlichkeit versehene leute die sehungen des sehers wahrnehmen konnten zeigte sich dem herrscher das bild wie seine schwester die Lyna mit dem Luso die armeen der jungen Sae formierte.

Der Hyno war über die große anzahl der schattenkrieger die sich ihm durch das glas des sehers offenbarte erstaunt. Zu diesem zeitpunkt waren es tausende krieger die auf einem riesigen gerodeten platz auf einem vom dauerregen gezeichneten schlammigen boden unentwegt ihre kampffertigkeiten vor dem palast des Assys aufbesserten. Hinter dem sitz des magiers war ein riesiger vulkan zu erkennen aus dem dunkler rauch aufstieg.

Jedoch konnte der Bytho seinen könig ein klein wenig beruhigen. Er teilte ihm mit dass es selbst für zehntausende Sors ein sehr sehr weiter weg von Gongola zum berg Asymta war da sich auf der strecke dorthin zweitausend festungen befanden die diese armee stürmen und erst einmal einnehmen musste bevor sie dann die höhen des mächtigen berges erklimmen konnte. Weiterhin erinnerte er daran dass die schattenkrieger auch nur des nachts wirklich tatkräftig angriffe durchführen konnten und ihre taten somit leicht für seine krieger vorherzusehen waren.

34

Diese ausführungen der weisheit des magiers konnten die zweifel des königs zwar halbwegs ausräumen aber ganz auslöschen konnte er sie damit nicht.

Nachdem die gruppe nun etwa vier seok unterwegs war erreichten sie die schmiede des Sarko der seinen könig bereits erwartete. Er lebte inmitten einer dicht bewachsenen baumgruppe in einer geräumigen höhle die nach unten hin riesig war und am anderen ende an einem hang abschloss wodurch er den rauch seines immer fort brennenden ofens entweichen ließ.

Er erarbeitete für seinen herrscher und dessen krieger stangenwaffen und schwerter aus achtfach geschmiedetem stahl die so hart waren dass sie es mit einem diamanten hätten aufnehmen können wenn es erforderlich geworden wäre.

Es war die Osa eine Sae im stande eines zweitrangigen kriegers und somit die ranghöchste kriegerin nach dem Hylino die die aussage des schmiedes auf eine wahre probe stellte. Sie ergriff sich eine stangenwaffe und stach sie mit ganzer kraft in den stein der die grundmauern der höhle des Sarko darstellte und es war als würde sie einen laib brot zerteilen. Die mannen des königs zeigten sich ob des schmiedewerkes beeindruckt. Eine solch gute arbeit hatte keiner der anwesenden jemals in händen gehalten. So kam es dass der Hyno den Sarko fragte ob er kein wohliges gefühl dabei besaß wenn er seinen herrscher und seine begleiter auf ihrem schweren weg begleitete. Er sollte sich einen soloken greifen ihn mit einer mächtig großen menge

35

von arbeitswerkzeugen beladen um so sämtliche schäden die die ausrüstungen durch die bevorstehenden aufgaben zu tragen hätten wieder ungeschehen machen zu können.
Der Sarko nahm sich eine kurze zeit um seine gedanken sammeln zu können und entschied dann dass er gerne ein teil der gruppe werden würde um seinem könig in dieser schweren stunde mit seinem handwerk zur seite stehen zu können.

So brachen sie also keine sechzigstel seok später auf und gingen ihren schweren weg weiter dem Asymta entgegen.
In der zwischenzeit stattete die Lyna ihrem paktpartner dem Assys einen besuch ab um zu erfahren wie weit seine zucht der neuen rasse denn fortgeschritten war. Er erklärte ihr dass der tag an dem er seine neue rasse auf das feld der schlacht schicken konnte bald gekommen war und dass er vorhabe mit ihnen den direkten nachfahren des Zuoly den berg Asymta zu erobern und sich und seine gefährtin vom fluch des Hewero zu befreien um ihr dann als oberster der Suno und herr über alle streitkräfte der Lyna dienen zu können.

Diese ausführung schmeichelte der Lyna so sehr dass sie keine weiteren fragen mehr zu stellen hatte und sich mit einem wohligen gefühl zurück in ihr gemach verabschiedete um dort eine weile der ruhe zu finden bevor sie sich dann endgültig mit ihrer armee von schattenkriegern auf zum mächtigen berg machte.

Kaum jedoch als die junge Sae den raum des Assys verlassen hatte ließ er seine wahren pläne aus sich heraus verlauten. Er wollte natürlich nicht unter der Lyna nur der zweite geist im lande sein. Er hatte vor sie mit einem magischen trank zur ewigen verbundenheit zu verleiten und sie nach einer weiteren besteigung zur mutter einer tochter zu machen die er dann wiederum zu seiner verbündeten erziehen wollte nachdem er das lebenslicht der Lyna ausgelöscht hatte um so selbst der rechtmäßige herrscher über Galä zu werden und weiterhin die macht über das reine blut des Zuoly kontrollieren zu können. Einen paktbruder für diesen plan hatte er auch schon für sich gewonnen.

Zu dieser zeit befanden sich der Hyno und seine begleiter inmitten eines großen gewälds und es wurde nun der zeit nach langsam dunkel so dass für die mannen des königs momente der erhöhten aufmerksamkeit anbrachen da es bald nicht mehr möglich war einen sie vielleicht verfolgenden Klereo auf anhieb zu erspähen oder auch einen hinterhalt der vielen Sors die sich des nachts aus ihren verstecken wagten und in allen gewälden ihr unwesen trieben noch zu entdecken bevor es zu spät für eine verteidigung war.

Aus diesem grund verfügte der könig dass es unklug wäre in dem dichten gewäld zu verbleiben und stattdessen lieber eine der in regelmäßigkeit angefertigten lichtungen aufzusuchen um dort das lager für die nacht aufzustellen. Als sich alle einig waren dem plan des Hyno folge zu leisten bemerkte der Cleto dass sich ganz in ihrer nähe eine festung befand. Diese sollte sich auf dem weg der gruppe befinden und etwa eine halbe seok von ihrem jetzigen aufenthalt entfernt sein.

Da eine solche festung sehr viel sicherer für die gruppe war als ein bloßes nachtlager auf einer lichtung nahm der könig die kunde seines magiers wohlwollend an und so machten sie sich auf die stellung der Sae möglichst bald zu erreichen.

Leider blieb dieser entschluss nicht dem Luso verborgen. Durch die augen seines „Klereo" konnte er nun den pfad den die gruppe eingeschlagen hatte ersehen und machte sich mit einem magischen trank auf sich zu einer in der nähe der besagten festung befindlichen gruppe von schattenkriegern zu machen. Dort angekommen führte er sie los den mannen des königs den weg zu kreuzen um sie dann im direkten kampf zu stellen.

Langsam und mit so wenigen lauten wie es irgend möglich war durchstreiften der Hyno und sein gefolge das düster gewordene gewäld immer auf der hut vor schattenkriegern und Klereos. Dann vernahm die Osa plötzlich einen laut.

Sie erklärte dass es wie das knurrende geräusch eines schattenkriegers klang. Sofort hielt die truppe an und alle lauschten einen möglichen ton zu vernehmen.

Kurze zeit darauf war wieder ein solcher laut zu hören. Alle hatten ihn wahrgenommen.

Der seher zückte seinen spiegel und sah hinein. Er erblickte den Luso und seine begleiter wie sie gerade auf ihren soloken einen mächtigen aber umgestürzten baum überquerten und kurz darauf ihre reittiere verließen um sich weiter schleichend den möglichen opfern geräuschlos zu nähern. Der Hylino erkannte diesen baum den die gruppe des königs selbst vor einer kurzen zeit erst überquerte.

Nun war höchste eile geboten. Der Bytho zückte seinen magischen stab und ließ drei Kobos erscheinen denen er allerdings nicht die gabe des sehens zu teil werden ließ. Danach erschuf er ein kleines nagetier welches unmittelbar vor den Kobos in der entgegengesetzten richtung vor den flugtieren wegschwebte. Sofort begannen sie ihren hohen gesang und wollten das kleine tier dessen anwesenheit sie mit ihren nasen wahrnahmen verfolgen. Auf diese art wollte der Bytho erreichen dass die ungebetenen verfolger dem gesang der Kobos folgten und nicht den spuren auf dem boden um sie so auf einen falschen pfad zu locken damit dem könig und seinen begleitern genug zeit blieb die sichere festung zu erreichen.

Jedoch misslang der plan des Bytho. Gerade konnte der seher in seinem spiegel erkennen dass die flugtiere mit relativ hoher geschwindigkeit gegen den nächsten baum stießen der ihren weg kreuzte da konnten die anwesenden auch schon den dumpfen aufschlag der drei Kobos auf dem boden vernehmen.

Diesen laut hörte auch einer der schattenkrieger der sofort die richtung aus der das geräusch gekommen war einschlug und so die truppe um den Luso auf den richtigen pfad führte.

Nun war bei dem Hyno und seinen begleitern um so mehr eile geboten. Sie gaben ihren soloken heftige tritte so dass diese geschwind wie noch nie in ihrem leben auf das zu erreichende ziel losliefen.

Um wenigstens etwas zeit zu gewinnen ließ der Bytho nun einige der mächtigen bäume hinter sich einstürzen damit die verfolger wenigstens diese überqueren mussten und so die gewaltigen laufbeine der schattenkrieger nicht zur vollen entfaltung kamen. Kurz darauf erreichten die flüchtigen eine weggabelung an der es drei pfade gab denen man folgen konnte.

Gerade als man den seher nach dem richtigen pfad sehen lassen wollte kam von dem rechten weg ein schattenkrieger wie aus dem nichts hervorgelaufen und attackierte den Hyno der aber mit einer sofortigen reaktion sein achtfach geschmiedetes schwert durch den brustpanzer des feindes stieß und so dessen lebenslicht auslöschte. Der Hylino machte nun den vorschlag dass der könig der Bytho die Osa und der Cleto dem weg des schattenkriegers folgten da dieser wohl zur festung führen würde. Er selbst und zwei weitere krieger würden dem pfad in der mitte folgen und die verbliebenen sollten den linken nehmen um so die verfolger zu verwirren.

Der könig nahm die kundgabe seines freundes an und er verfügte deren umsetzung. Kurze zeit darauf erreichten nun der Luso und seine schattenkrieger die weggabelung. Er beugte sich zu dem toten Sors herab und nahm mit verwunderung den schaden den die waffe des königs an dessen schutzpanzer angerichtet hatte zur kenntnis. Dann stellte er sich wieder auf und vereinte seinen geist mit dem des „Klereo". Er befahl ihm gen himmel zu sehen damit er eine orientierung bekommen konnte in welche richtung der könig sich aufgemacht hatte. Während sich der Luso und eine große anzahl seiner begleiter auf die verfolgung des königs auf den rechten pfad machten blieben zwei schattenritter zurück und brachten den toten Sors zum nahe befindlichen fluss wo sie ihn auf ein großes blatt eines der mächtigen bäume legten ihn dann mit einem weiteren bedeckten und danach mit der strömung treiben lassen wollten.

Allerdings war diese tat ähnlich erfolgreich verlaufen wie der täuschungsversuch des Bytho. Da der fluss in allernächster nähe eine heftige linksbiegung vollzog und das gewässer nur auf eben dieser seite eine starke strömung besaß trieb der leichnam des schattenkriegers der von rechts her ins wasser gelegt wurde noch keinen oaak weiter ans rechte ufer. Die beiden Sors blickten sich fragend an gaben einen laut der verwirrung von sich und machten sich durch das wasser auf zu ihrem toten genossen. Dabei rutschte einer von ihnen aus und fiel in den linken teil des flusses. Hier war die strömung so stark dass er nicht gegen die gewalt des wassers ankam und davon getrieben wurde. Der verbliebene krieger kratzte sich kurz am haupt und machte sich dann auf zu der leiche. Alsbald rutschte auch er aus und wurde in den linken teil des gewässers getrieben so dass auch er hilflos wegtrieb. Unmittelbar danach konnte ein am ufer befindlicher baum die last eines durch des Bythos willen auf seinen stamm gestürzten mächtigen holzgewächses nicht mehr standhalten und fiel ebenfalls um. Der stamm dieses baumes stieß gegen den leichnam und gab ihm gerade soviel schwung dass er von der heftigen strömung erfasst wurde und nun wie gewollt den fluss hinunter trieb.

Doch nun zurück zu dem könig Hyno.

Der flüchtete derweil immer noch vor dem Luso und den schattenkriegern die ihm nun dicht auf den fuß folgten. Die Osa die als letzte ritt drehte sich um und teilte ihrem herrscher mit dass sich die verfolger nur noch etwa einen halben oaak hinter ihnen befanden und dass sie sich sehr rasch näherten.

Der seher blickte in seinen spiegel und verkündete dass das schicksal den rechten pfad an der nächsten gabelung für den könig vorsah. Daraufhin folgte die gruppe dem genannten weg und erreichte alsbald eine mittelgroße lichtung. Von hier aus war die festung deren erreichung das ziel der mannen war schon zu erkennen. Sie befand sich keine zwei oaak vom mittleren punkt der gewäldfreien fläche entfernt.

Dem könig kam es etwas seltsam vor dass das schicksal wollte dass er sich hierhin begeben sollte anstatt sich in die sichere festung zu retten gerade weil es nun eingetreten war dass sich rund um die gruppe am rand des gewälds um die lichtung herum die schattenkrieger des Luso verteilten und die mannen des königs beobachteten. Die Osa machte den vorschlag einen kreis zu bilden der derart sein sollte dass sich die hinteren teile der soloken berührten so dass es den eingegrenzten möglich war die feinde rundherum zu beobachten. Ein sorgenvoller blick des Bytho gen himmel verschaffte ihm erleichterung da die

42

drei monde von Galä derart hell schienen dass es den schattenkriegern nicht möglich war sich ihnen zu nähern. So verfügte der könig dass alle ihre momentane stellung beibehalten sollten bis die sonne die monde ablöste und ihnen ihren schutz des lichtes zu teil werden ließ.

Nach einer seok wurde es dem Luso dann auch zu viel. Durch die einnahme eines magischen trankes verschwand er wieder nach Gongola zum Palast des Assys und traf sich dort zur besprechung der lage mit der Lyna.

Zu dieser zeit erreichten die krieger des königs welche zur irreführung die anderen pfade gewählt hatten einen standort im gewäld von wo aus sie die freie fläche zur stellung der Sae bereits einsehen konnten. Allerdings wurden die enden der jeweiligen pfade durch schattenkrieger bewacht so dass es nicht möglich war ungesehen an ihnen vorbei in die sichere festung zu gelangen. Der Hylino und seine zwei begleiter banden ihre soloken an einem der mächtigen bäume fest und krochen nun langsam auf die wachposten der dunklen seite zu.

Durch das dichte blattwerk der hohen bäume fällt kein licht hindurch so dass sich die krieger unbemerkt nähern konnten. Dies funktionierte genau solange bis ein Kobo alarm schlug. Sofort reagierten die Sors und feuerten wild einen pfeil nach dem anderen mit ihren großen bögen ab. Zwei der tödlichen waffen flogen eine hand breit an dem Hylino vorbei woraufhin dieser sich erhob und er so schnell ihn seine beine trugen hinter einem der großen bäume verschwand. Diese tat wurde von zwei der schattenkrieger beobachtet. Sie entschlossen sich ihre mächtigen dreiklingigen schwerter zu zücken und sich einer von links und ein anderer von rechts dem krieger des königs zu nähern. Die dreiklingigen schwerter wurden so geschmiedet dass sie eine große klinge in der mitte besaßen so wie normale schwerter auch und dann jeweils vor und hinter dieser noch eine kleinere die etwa dreiviertel der länge besaßen. Als sich die dunklen kämpfer nun neben der breitesten stelle des baumes befanden holten sie aus machten einen schnellen schritt nach vorne und schlugen blind um die ecke um so den Hylino zu überraschen. Dieser jedoch war in seiner furcht vor den übermächtigen gegnern den stamm hinaufgeklettert und beobachtete diese nun vom ast eines nachbarbaumes auf den er gewechselt war. Wegen der großen reichweite ihrer waffen hatten sich die beiden schattenkrieger nun selbst verletzt anstatt den erhofften feind. Da der Kobo derweil auch schon weitergeflogen war konnten die schattenkrieger den flüchtigen nicht mehr entdecken und begaben sich zurück zu ihrem posten wo sie sich mit ihrer heilung befassten.

Zu diesem zeitpunkt waren die beiden begleiter des Hylino bereits an der unbewachten stellung der Sors vorbeigelaufen und hatten die festung inmitten der lichtung erreicht.
Als man ihnen das tor öffnete waren sie einen moment lang erleichtert. Dann jedoch mussten sie feststellen dass diese stellung längst von den schattenkriegern des Assys eingenommen wurde. Hier tummelten sich keine Sae mehr. Hier war alles zerstört und nachdem sich die mächtige

pforte hinter den beiden mannen des königs geschlossen
hatte hatte man die beiden tapferen kämpfer nie wieder
gesehen. Der Hylino konnte dieses grausige schicksal
seiner treuen männer durch sein glasrohr das die ferne
nah erscheinen ließ mit ansehen.
Sowohl der freund des Hyno der nun diese vermeintlich
rettende stellung nicht mehr erreichen wollte als auch der
könig selbst hatten also großes glück dass alles so
gekommen war wie es eben geschah da sie sonst ebenfalls
ihr lebenslicht verloren hätten.
Da ihnen keine andere handlung möglich war verblieben
alle an ihren standorten bis die sonne am nächsten
morgen das land wieder in hellem licht erscheinen ließ.

3. kapitel

Der nächste tag

Früh am nächsten morgen trafen sich die Lyna der Assys und der Luso mit dem seher den sie sich vereinnahmt hatten um sich kenntnis über den stand der dinge zu verschaffen. Man erhielt weisheit darüber dass fast alle stellungen der Sae die sich innerhalb eines kreises von drei tagesmärschen um die mannen des königs herum verteilten bereits von den schattenkriegern eingenommen wurden so dass der gehasste Hyno dazu gezwungen war sich einzig in den wäldern dieses landstriches aufzuhalten. Verzückt von dieser guten kunde machte sich die verstoßene prinzessin auf um sich von ihren schattenkriegern vor ort einen eindruck machen zu können. Sie wollte feststellen ob die mittlerweile über hunderttausend mann starke truppe bereit war sich auf den weg zum berg Asymta zu machen und ihr den gebotenen schutz zu gewähren.

In der zeit in der sich die Lyna aufmachte zeigte der Assys seinem verbündeten dem Luso der sich gerne bereit erklärte den geplanten verrat an der jungen Sae mitzutragen da der mächtige magier ihm die herrschaft über ganz Gongola versprochen hatte wie weit die zucht seiner neuen überlegenen rasse schon fortgeschritten war. Er zog ein kleines gläsernes gefäß hervor und darin war in einer bläulichen flüssigkeit ein kleiner Sae zu sehen. Im gegensatz zu den normalen Sae hatte dieser kleine bursche die körperliche erscheinung eines Sors.

Der Assys verkündete seinem komplizen dass er vorhabe mit diesem einen wesen eine ganze armee von lichtkriegern zu erschaffen welche die körperliche kraft eines Sors und die weisheit eines Sae besitzen sollten und weiterhin dazu in der lage waren sich im tageslicht fortzubewegen.

Auf die frage des Luso wann er denn eine solche armee stellen konnte gab der magier die weisheit kund dass es nur noch fünf sonnenaufgänge dauern werde bis der Sae im glas soweit war dass man ihn für die aufzucht der neuen armee nutzen konnte.

Nachdem dies geklärt wurde nahmen die beiden dunklen zauberer kontakt zu ihrem „Klereo" auf der sich immer noch unbemerkt in den reihen des Hyno aufhielt. Durch seine augen sahen sie dass sich die gruppe der männlichen und weiblichen Sae zwar in verminderter anzahl aber trotzdem wieder in bewegung gesetzt hatte.

Zu jener zeit hatte die Lyna die ausbildungsstätte ihrer armee erreicht. Gerade als sie angekündigt werden sollte kam es zu einem ausstoß von roter erdflüssigkeit durch einen der nahegelegenen berge. Durch die eruption wurde auch ein großer gesteinsbrocken in bewegung gesetzt dessen unerwarteter aufschlag auf dem feld zum direkten tot mehrerer schattenkrieger führte.

Dies konnte die Lyna jedoch nicht entmutigen. Sie wusste ja dass sie im vergleich der zeit weit vor ihrem widersacher gelegen war.

So brach sie ihre beobachtung der truppen sofort wieder ab und begab sich zurück zu dem Luso um mit ihm den plan für ihren morgigen beginn der reise zu vervollständigen.

Der Hyno war derweil aufgebrochen um sich bis zum ende des sonnenlichtes der nächsten festung derart genähert zu haben dass er und seine begleiter dort nächtigen konnten. Schweren herzens war er ohne seinen freund den Hylino los marschiert da er es sich nicht erlauben durfte noch mehr zeit ungetan verstreichen zu lassen. Aus diesem grund wurde nun die Osa mit der leitung der reise beauftragt. Die gruppe entschloss sich den dunklen teil des gewälds in der nähe des großen flusses zu durchstreifen da allgemein bekannt war dass die Sors des schwimmens nicht derart befähigt waren wie die Sae. Darum waren auch die soloken der schattenkrieger nicht so gut im umgang mit dem fließenden nass vertraut. Weiterhin wurde dem könig vom ihn begleitenden seher erklärt dass der kürzeste weg der der gruppe sehr wohl in kenntnis lag von einer großen anzahl der schattenkrieger bewacht wurde so dass es den mannen niemals gelingen würde die reise an dieser stelle fortsetzen zu können.

Fortgesetzt hatte auch der Hylino seine reise. Als die sonne hoch am himmel stand und der frühtau auf den blättern der pflanzen verschwunden war machte er sich auf die spuren des königs um zu seiner gruppe aufschließen zu können. Zu einer zeit als die sonne am höchsten im himmel stand beobachtete er einen seltsam anmutenden Sae der einen braunen umhang trug und so kaum in dem dunkeln gewäld aufgefallen war. Er befand sich in einem abstand von etwa einem oaak hinter den mannen des königs.

Als die gruppe nun zur mittagsrast ansetze und die soloken ihren durst im fluss löschen durften rastete auch der geheimnisvolle fremde. Er hielt sich aber versteckt so dass sich der Hylino in der verantwortung sah den fremden nach seinem begehren zu fragen.

Dieser teilte ihm mit dass er ein seher sei und dass es seiner übersinnlichen weisheit zu verdanken war dass der könig und seine begleiter des nachts auf die lichtung und nicht in die festung geleitet wurden. In der gruppe des Hyno gäbe es einen verräter der durch den willen des Assys geleitet werde.

Daraufhin erwiderte der Krieger dass er selbst zusammen mit dem könig die begleiter des Hyno auserwählte und dass er sich für jeden der begleiter mit seinem leben verbürgen würde. Einzig der magier Cleto wurde nicht von ihnen erwählt. Jedoch war dieser vom weisen Bytho zur gruppe gebracht worden so dass auch dieser das vollständige vertrauen des königs und des Hylino genießen durfte. Um seine kundgabe zu verfestigen führte der krieger den seher nun seinem könig vor. Dieser war zuerst einmal sehr freudig dass es seinem alten freund wohl erging und dass er keinen körperlichen schaden davon getragen hatte.

Danach begann der Hyno mit der befragung des sehers. Er verriet ihm zu aller erst seinen namen der Skolo lautete.

Der Bytho verkündete dass er von diesem seher schon viel gehört hatte. Er würde hier in diesem gewäld leben und war schon mehrere male den schergen des Assys entkommen.

Nun erklärte der Skolo dass es im umfeld von mindestens zwei tagesmärschen keine festung der Sae mehr geben würde die nicht von den schattenkriegern eingenommen wurde. Dies hätte er selbst in seinem magischen spiegel gesehen. Dann verkündete er auch seinem könig dass er es war der ihn auf die lichtung geleitet hatte damit er nicht die vermeintlich rettende festung anlief. Er selbst hätte den spiegel des anderen sehers derart für sich sprechen lassen dass alles so gekommen war wie es gekommen ist. Der könig wollte nun wissen weshalb er sich der gruppe nicht direkt anvertraut hatte und seine weisheit nicht sofort kund tat woraufhin dieser erwiderte dass er den verräter zu sehr fürchtete. Dieser stehe ja immerhin unter dem willen des großen magiers Assys.

An dieser stelle erklärte der Cleto dass er sich nicht vorstellen könne dass der Hyno und sein oberster kriegsherr einen solchen verräter nicht erkennen und sofort dessen lebenslicht erlöschen lassen würden. Vielmehr sei er zu der weisheit gelangt dass der Skolo selbst sich nun nach seiner entdeckung das vertrauen der mannen des königs erschleichen wolle um so die gruppe auf einen falschen pfad nämlich den des Assys zu führen. Diese

weisheit wurde nun noch vom seher des königs bekräftigt
woraufhin der Hyno zu einem kleinen gedankenaustausch
mit dem Bytho und dem Hylino zur seite trat um
ausschließlich deren ansichten zu erfahren.
Gerade als sie sich außer hörweite der anderen befanden
schlug der Skolo alarm. Schattenkämpfer wären mit
riesigen bögen und vergifteten pfeilen auf dem wege hierher
und würden die lebenslichter aller anwesenden auslöschen
wenn sie sich nicht sofort auf die flucht begeben würden.
Da nun keine zeit mehr für einen gedankenaustausch war
verfügte der könig seinen seher in dessen übersinnlichen
spiegel zu blicken.
Doch da geschah es schon dass der schmied von einem der
giftigen pfeile getroffen war. Nun lag es an dem Hyno
eine schnelle entscheidung zu treffen. Er vertraute dem
Skolo der nun den soloken des Sarko bestieg und den
mannen des königs den lebenslicht rettenden weg auf eine
große lichtung wies deren umfang derart mächtig war dass
sie nicht durch die pfeile der schattenkrieger erreicht
werden konnten. Der weg der gruppe führte über einen
steilen hang dessen überquerung von den soloken den
ganzen mut erforderte vorbei an einem fünf Sors starken
wachposten der diese lichtung beobachten sollte und durch
ein weiteres stück dunkelstem gewäld welches einen idealen
täglichen unterschlupf für die kämpfer der dunklen seite
darstellte.
Dort angekommen rasteten sie ein weiteres mal um über
die kundgabe des Skolo und deren weisheit zu beraten.

Es taten sich zwei gruppen auf. Die einen glaubten dem seher da er sie aus der lebenslicht auslöschenden gefahr geleitet hatte während die andere gruppe an eine list des Skolo glaubte. Diese auffassung wurde vom dem magier Cleto dem seher des königs und der kriegerin Osa verfolgt. Nun war es an dem Bytho seinem herrscher mit seiner weisheit die richtige entscheidung zu verkünden.

Der kluge magier gab preis dass er sich des gedankens einen verräter in der gruppe zu haben nicht vollends freisprechen konnte jedoch sei er außer stande weislich zu verkünden wer dieser scharlatan war. Immerhin hatte sich der Skolo nicht direkt zu erkennen gegeben. Weiterhin war er schon mehrfach mit den mannen des Assys in kontakt getreten so dass er es durchaus für wahr halten konnte dass dieser unter dem einfluss des dunklen magiers stand. Dem gegenüber war natürlich die gerade vollzogene rettung zu sehen. Zuletzt gab der Bytho aber noch zu bedenken dass sich niemand der anwesenden leute so gut in diesen gewälden auskannte wie der Skolo. Von daher konnte seine weisheit der ortskennschaft für den weiteren weg der gruppe von großem nutzen sein vor allem da man – wenn man dem neuen seher glauben schenkte über nacht keine der nahegelegenen festungen anlaufen konnte.

Letztendlich verkündete der Bytho dass er es für am weisesten hielte wenn man den Skolo mitnahm ihm aber nicht all zu sehr das vertrauen schenkte und man weiterhin ein auge auf alle anderen mitglieder der gruppe hielt.

So geschah es dann auch.

Nur der Cleto und der seher des königs verblieben bei ihrer auffassung dass es nur der Skolo sein konnte welcher der verräter war.

Die Osa hingegen die liebliche empfindungen gegenüber dem Hyno besaß entschied sich ihre auffassung zu ändern und sich der weisheit des Bytho anzuschließen was vom könig mit einer wohlwollenden geste der fürsprechung belohnt wurde.

Nachdem man sich also geeinigt hatte war es nun wieder an der zeit den richtigen pfad zu beraten wie man am sichersten von dieser lichtung herab noch vor ende des sonnenlichts einen weiteren großen weg zum berg Asymta hinter sich bringen konnte.

Der Skolo der von seiner letzten sehung immer noch sichtlich erschöpft war sah sich außer stande einen wirkungsvollen beitrag zu leisten so dass es nun wieder am seher des königs lag den sichersten weg zu erblicken.

Nachdem er seinen spiegel befragte und seine weisheit kund getan hatte bestätigte der Skolo dass es sich um einen durchaus geeigneten weg zur erreichung des reiseziels handelte da sich der pfad alsbald zu einem breiten weg ausfächern werde der durch ein großes unbewaldetes tal führte. Man musste nur die nächsten hundertfünfzig bis zweihundert aoak besonders aufmerksam sein.

So machten sich die mannen des königs wieder auf.

Diese geschehnisse entgingen auch nicht dem Assys der sich durch die augen seines „Klereo" kenntnis über das weitere handeln seines feindes verschaffte.

Gerade als er den kontakt abgebrochen hatte betrat die Lyna den raum. Sie teilte dem magier mit dass sie sich beim nächsten sonnenuntergang mit ihrer armee von hunderttausend schattenkriegern auf den weg zum berg Asymta machen wird. Weiterhin wollte sie dass der Assys dem Luso einen besonders starken magischen stab übergab und ihm einige seiner trankflaschen mit den für die reise erforderlichen magischen flüssigkeiten bereitstellte.

Der Assys erwiderte dass er diese verfügung innerhalb der nächsten seok vollenden werde und dass der könig die ersten hindernisse die er ihm in den weg gestellt hatte unbeschadet überstand. Es sei aber noch ein langer weg bis zum ziel und es würden noch viele gefahren auf den Hyno und seine begleiter lauern.

Danach erkundigte sich die junge Sae wann der Assys denn endlich mit der zucht seiner neuen rasse beginnen würde. Hierauf erwiderte er dass es nur noch fünfzehn sonnenaufgänge dauern würde bis er seinen zuchtburschen soweit hätte.

Damit hatte die Lyna alles erfahren was sie wissen wollte und zog sich zufrieden in ihr gemach zurück um sich dort noch einmal auszuruhen bevor sie ihre lange reise zum Asymta antrat.

Währenddessen konnte der könig am horizont schon das besagte tal erkennen von dem der Skolo gesprochen hatte. Sie mussten noch etwa fünfzig aoak zurücklegen dann waren sie nicht nur für die näherkommende nacht sondern auch für die nächsten drei vier tage vor irgendwelchen angriffen der schattenritter sicher.

Jedoch hatte das böse noch eine falle für die mannen des königs vorbereitet. Gerade als sie unterhalb eines steilen abhanges fast schon am äußersten rand des gewälds entlang ritten vielen plötzlich riesige felsen von oben auf die gruppe herab. Diese wurden von schattenkriegern in hoher anzahl und ohne unterlass einer nach dem anderen herunter geschleudert. Es war einer schnellen reaktion des Bytho zu verdanken dass vorerst niemand sein lebenslicht verloren hatte. Mit seinem magischen stab ließ er die mächtigen gesteine über den köpfen der flüchtenden schweben bis diese sie passiert hatten und ließ sie dann gen boden fallen. Dies kostete den magier soviel kraft dass er sofort danach ohne bewusstsein zu boden fiel. Der Cleto öffnete seine tasche und gab dem Bytho einen magischen trank der es ihm erlaubte sich wieder zu besinnen und seinen soloken zu besteigen.

Es gab nämlich keine zeit zu verlieren. Unmittelbar nachdem der erste angriff der schattenkrieger abgewehrt wurde machten sich diese auf den weg nach unten um sich im kampf mann gegen mann mit dem könig und seinen begleitern zu messen. So schnell ihre soloken sie trugen ritten sie vor ihren angreifern davon.

Jedoch sollte ihre flucht nicht sehr lange andauern denn die dunklen krieger hatten noch eine weitere falle aufgestellt. Sie hatten einen etwa ein oaak breiten und drei oaak tiefen graben ausgehoben. Eine solche entfernung

56

konnte kein soloke in ganz Galä überspringen. Da man die etwa dreißig verfolger in geringer entfernung schon lautstark hören konnte verfügte der könig dass sein seher einen ausweg finden sollte.

Alles was dieser jedoch erblickte war der kampf der mannen des königs mit den schattenkriegern. *So sei es* schrie der Hylino und die krieger verteilten sich um ihren könig und die magier. Der Bytho versuchte nun seine kräfte zu sammeln damit sich ein schmaler pfad über das fehlende erdreich bilden sollte jedoch reichte die zeit nicht mehr aus. So begann ein harter kampf zwischen Hynos kriegern und den Sors. Durch die speziellen schwerter und stangenwaffen des Sarko standen sich die beiden gruppen gleichwertig gegenüber. Nach kurzer dauer des abwartens griff auch der Hyno selbst in den kampf ein als sich nämlich ein Schattenkrieger aufmachte dem Bytho das lebenslicht auszulöschen. Er sprang heldenhaft von seinem soloken und riss den angreifer von seinem reittier mit sich zu boden. Sofort ergriffen zwei andere dunkle kämpfer die günstige gelegenheit und machten sich auf dem könig das licht zu nehmen. Gerade bevor diese mit ihren schwertern zum entscheidenden hieb ausholen konnten warf sich die Osa dazwischen und wurde durch die waffen der Sors schwer am oberen rumpf verletzt.

Zum glück für den Hyno gelang es dem Bytho nun doch sich zu sammeln seinen magiestab gen himmel zu recken und einen schmalen pfad über das abgetragene erdreich erwachsen zu lassen. Der zauberer selbst kam durch einen magischen trank auf die andere seite. Nachdem der Hyno

der Osa das schwert entrissen und drei weiteren schattenkriegern das lebenslicht gelöscht hatte griff er sich die weibliche Sae bestieg mit ihr zusammen den letzten verbliebenen soloken und machte sich über den schmalen pfad auf die andere seite.
Als nun die dunklen kämpfer versuchten ihren feinden zu folgen ließ der Bytho den weg in sich zusammenfallen und die bösartigen krieger landeten allesamt in ihrer eigenen grube.

Da es nun schon zu dämmern begann machten sie sich rasch auf das rettende tal zu erreichen was ihnen auch mit dem letzten sonnenlicht noch gelang. Erneut war es eine klare nacht in der die drei monde mit ihrer gesamten kraft hell am himmel schienen so dass man sich sicher sein konnte keinen angriff des feindes erwarten zu müssen. Jetzt galt es sich auf die folgenden aufgaben vorzubereiten. Zu forderst verfügte der könig dass alle wunden geheilt wurden und alle ausrüstungen wieder in stand gesetzt werden sollten. Am schlimmsten hatte es die Osa erwischt wobei es zu erwähnen gilt dass ein tapferer krieger des Hylino sein lebenslicht im kampf mit den schattenkriegern gelassen hatte. Der Bytho gab der Osa eine salbe auf den oberen rumpf und machte ihr eine bindung so dass die blutung bald versiegte und es ihr bereits beim nächsten sonnenaufgang wohler zu mute war. Der könig der die tapfere kriegerin auch immer mehr in sein herz zu schließen begann und der er immerhin die erhaltung seines lebenslichtes zu verdanken hatte wollte die gesamte nacht

bei ihr verweilen und ihr haupt in seinen händen halten
was er auch ein paar seok lang tat.

Allerdings gab es ja immer noch die frage zu klären ob
und wenn ja wer denn nun der diener des Assys war.

Der Cleto und der seher des königs blieben bei ihrer
auffassung dass es sich bei dem verräter um den Skolo
handeln musste.

Dieser gab nun zu bedenken dass es der seher des königs
war der den genommenen pfad als den besten erblickte und
dass er es ebenso nicht verstanden hatte in einer situation
der größten gefahr einen ausweg zu ersehen.

Dem wiederum erwiderte der seher des königs dass es der
Skolo war welcher der sehung seine zustimmung erteilte.

Nun wusste sich der könig keinen rat mehr. Zum zweiten
mal machte er sich mit dem Bytho und dem Hylino auf
zu einer beratung im kleinen augenschein.

Während dieser beratung wollte der Assys in Gongola den
derzeitigen verweilort des herrschers von Galä ersehen. Er
wollte dies tun damit er der Lyna melden konnte ob sich
seine bisherigen hinterhalte gut wollend für die prinzessin
ausgebildet hatten oder nicht. So nahm er verbindung mit
seinem „Klereo" auf und blickte mit seinen augen ins
lager der mannen des Hyno hinein. Da er sich des ortes
an dem sich die gruppe befand nicht klar werden konnte
verfügte er dass der verbündete ein möglichst großes feuer
anzünden sollte damit ein echter Klereo welcher sich in der
weiter entfernten nähe befand ersehen konnte wo der
verweilort des königs war.

Um seine stellung nicht zu verraten wartete der „Klereo"
einen günstigen moment ab und entfachte ein feuer dass
mit windeseile eine große fläche des umgebenden
rasengebietes einnahm.

Es entstand sofort eine große hektik bei den begleitern des
königs die den brand allerdings fast genau so schnell
wieder verschwinden ließen wie er entstanden war. Der
Hyno beobachtete genau welcher seiner begleiter sich in
dieser situation wie verhielt. Allerdings konnte er nicht
ersehen dass sich irgend jemand nicht an der vernichtung
des feuers beteiligt hatte.

Eine befragung danach ergab natürlich auch keinen
schuldigen für den brand weshalb man also davon
ausgehen musste dass er ohne den willen eines anwesenden
entstanden war.

Die einzige weisheit die der könig daraus ziehen konnte
war dass weder der Bytho noch der Hylino im dienste des
Assys handelten da diese zu jener zeit mit ihm fernab des
feuers redeten.

Während der könig also keinen deut mehr weisheit erlangt
hatte als zuvor konnte der Assys ersehen wo sich die
kleine gruppe befand.

Sofort machte er sich auf zu der Lyna und verkündete
seine weisheit. Sie verfügte dass er sofort eine gruppe
schattenritter aufschicken sollte die nächtliche ruhe des
königs zu stören.

Daraufhin erklärte der dunkle magier dass dies nicht
möglich war da die hellen monde über dem verweilort des

herrschers schienen. Die Lyna hörte sich dies an und nahm sich einen kurzen moment um zu einer weisheit zu gelangen die sie gleich darauf auch erhielt. Sie verfügte dass die schattenritter ihre schilde gen himmel recken sollten und lediglich die nächtliche ruhe des königs mit ihrer unaufhörlichen anwesenheit stören sollten.
Immerhin wären müde krieger leichter zu bezwingen als ausgeruhte.
Der Assys gehorchte der jungen Sae und schickte zwanzig schattenritter aus der näheren umgebung des großen tales auf damit diese der verfügung der Lyna erfüllung verschaffen konnten.

So kam es dass die sich in sicherheit wähnenden mannen des königs noch keine viertel seok nach dem brand die laute sich nähernder Sors wahrnehmen mussten.
Gerade als eine große hektik zu entstehen schien sah der Skolo eine große gelegenheit gekommen seine verbundenheit mit dem könig unter beweis zu stellen. Er griff sich seinen übersinnlichen spiegel und den des noch halb schlafenden sehers des königs und hielt sie derart gen himmel dass sie das mondlicht genau auf die sich nähernden Sors weitergaben und so verhinderte er dass sich die schergen des bösen weiter näherten. Da sich einige Sors nun von der anderen seite der gruppe nähern wollten übergab der Skolo den zweiten spiegel einfach dem Hyno und so teilten sich die beiden Sae nun die herannahenden feinde auf.
Bereits nach einer sechzigstel seok sahen die schattenritter

61

keinen sinn mehr in ihrem tun und gingen zurück in ihr schützendes gewäld.

Diese handlungen konnte auch die Lyna durch eine magische kugel des Assys erblicken die daraufhin sehr erboste und die erkenntnis verkündete dass die Sors die eigentliche weisheit hinter dieser tat nicht zu verstehen im stande waren. Noch während sie wütend den raum verließ äußerte sie dass es an der zeit war kriegerrassen zu züchten die auch im lichte kämpfen konnten.

Diese aussage vernahm der Assys mit einem breiten grinsen im gesicht und erklärte leise vor sich hinsprechend dass diese möglichkeit sehr viel rascher eintreten wird als es der prinzessin lieb war. Zu dieser erkenntnis würde sie schon sehr bald gelangen.

Die verbliebenen seok bis zum erscheinen der sonne blieben ohne weitere zwischenfälle für den könig und seine begleiter.

4. kapitel

Der dritte tag

Kurz nachdem die sonne den himmel in Galä zu erleuchten begann machten sich die Lyna und der Luso auf ihre abmarschbereiten truppen in den kampf um das schwert des Hewero zu führen. In der schattenwelt regnete es wieder einmal ohne unterlass und in der näheren umgebung des palastes kam es zu eruptionen durch die umliegenden vulkane. Die prinzessin stand auf einer kleinen erhebung inmitten ihrer kämpfer. Um sie herum versammelten sich zehntausende Sors die zum teil auf soloken saßen. Dann begann die junge Sae ihre rede zu halten in der sie den unbedingten willen der krieger zum sieg und den kampf bis zum erlöschen des lebenslichtes forderte. Weiterhin verfügte sie dass DER krieger der ihr ihren bruder lebend in ketten gefesselt vor die füße wirft mit reichlich gold und einer hohen stellung in ihrem königreich bedacht werden sollte. Des weiteren gab sie zu bedenken dass ein sehr langer weg vor ihnen lag aber dass es sich für die gute sache lohnen wird jede qual und jedes opfer zu erbringen damit sie am ende die herrscherin über ganz Galä war. Gerade als sie ihre ansprache beendet hatte kam es wie bereits am vortag zu einem gewaltigen vulkanausbruch der riesige gesteine in der luft herum wirbelte. Vier dieser großen brocken trafen einige der Sors und löschten ihre lebenslichter aus. Beim versuch die felsen wegzurollen verbrannten sich einige schattenkrieger derart die pfoten dass sie ohne besinnung zu boden vielen. Die Lyna beobachtete diese taten mit einem abwertenden hauptschütteln und dann verfügte sie zornig dass man die gesteine endlich in ruhe liegen lassen und sich endlich auf die reise zum berg Asymta begeben sollte.

Nun begann der marsch der dunklen krieger die von dem Luso angeführt wurden.

Der weg führte die Schattenkrieger einen schmalen weg entlang an einer tiefen dunklen schlucht vorbei durch die lava floss. Von oben hingen spitze gesteinsstäbe herab und an den moosigen wänden träufelte wasser gen boden. Einige der Sors tranken hin und wieder etwas indem sie die dunkle feuchte wand ableckten. Die Lyna ritt als letzte in der gruppe auf ihrem schwarzen soloken hinterher.

Der Assys betrachtete die abreise der prinzessin mit freude. Nun war er abgesehen von einigen zurückgebliebenen Sors alleine im palast und konnte sich endlich und in aller ruhe der aufzucht der neuen rasse die er lichtkrieger nannte widmen.

Der kleine zuchtbursche in dem bläulich wirkenden wasser wurde nun mit einem magischen trank begossen woraufhin er innerhalb kürzester zeit zu einem normal großen Sae heranwuchs. Dann übergoss ihn der dunkle zauberer mit einer anderen magischen flüssigkeit. Nun färbte sich die haut des Sae von schweinefarben in weiß.

Sprich zu mir verfügte der Assys und der junge Sae erwiderte ihm *ja mein gebieter. Wie kann ich euch dienen.* Sogleich begann der Assys laut zu lachen. Es war ein grausiges lachen das einem jeden der es hörte das blut in den adern gefrieren ließ.

Zu dieser zeit wanderten die mannen des königs ohne besondere schwierigkeiten zu erfahren durch das große grüne wiesental von Galä.
Der immer noch von der heldentat der Osa beeindruckte Hyno widmete der weiblichen kriegerin seine volle aufmerksamkeit. Es kam sogar dass er ihr einen strauß grünpflanzen mit farbigem oberbau sammelte und ihr freudig übergab was der Sae sehr viele positive gefühle vermittelte.
Als die sonne am höchsten stand rastete die gruppe um den Hyno in der nähe eines kleinen wasserloches wo sich die soloken den durst nehmen konnten. Plötzlich schreckte der Bytho auf und richtete einen finger gen himmel. Alle anderen erschraken ebenso als sie sahen dass sich eine kleine dunkle wolke über ihnen abzeichnete. Der Hyno wusste sofort was passiert war. Dieses schwebende ding zeigte den mannen des königs an dass die dunkle macht auf dem weg Gongola zu verlassen einen mächtigen teil bereits hinter sich gelassen hat und dass es nicht mehr lange dauern würde bis auch der letzte Sors die schattenwelt verlassen hatte.
Der herrscher bat seinen seher in den übersinnlichen spiegel zu sehen.

Dieser zeigte ihm die Sors. Man erkannte zehntausende schattenkrieger die mit und ohne soloken aber in jedem fall bis aufs letzte mit waffen versehen der schwelle des endes von Gongola immer näher kamen. Ein gefühl des unwohlseins kam bei dem Hyno und seinen gefährten auf. Wie sollten sie sich gegen eine solch hohe zahl von kriegern nur zur wehr setzen dachte der könig. Weiterhin gab der spiegel zu erkennen dass die waffen der schattenritter im feuer der lava des größten und heißesten vulkanberges von ganz Gongola geschmiedet wurden. Diese waffen waren so hart wie zehnfach geschmiedetes stahl. Daraufhin verfügte der Hyno dass sich die gruppe unbedingt schneller voran bewegen musste damit man möglichst rasch die festung im tal Hajo erreichen konnte. Hier war eine große anzahl der besten schmiede von ganz Galä in arbeit gestellt worden und es handelte sich hierbei auch um die größte ausbildungsstätte der Sae im gesamten königreich. Momentan waren dort etwa zwanzigtausend Sae dabei zum krieger ausgebildet zu werden. So kam es dass die rast des königs sofort abgebrochen wurde und er sich mit seinen begleitern wieder auf den weg nach Hajo begab.

Die folgenden drei tage verliefen für alle gruppen ohne nennenswerte ereignisse. Es geschah deswegen auch dass man in der gruppe um den Hyno völlig den in diensten des Assys stehenden verräter etwas aus dem gedächtnis bekommen hatte.

66

Einzig die anzahl der kleinen dunklen wolken nahm von tag zu tag immer mehr zu.

5. kapitel

Das tal Hajo

Am sechsten tag der reise erreichten die mannen des
königs nun das ende des großen wiesentals und sie
mussten nun wieder dichtes dunkles gewäld durchqueren
um zum tal Hajo zu gelangen.
Die wunden der Osa waren mittlerweile weitestgehend
verheilt und die positiven gefühle ihrerseits zu ihrem könig
und auch die des herrschers andersherum nahmen von tag
zu tag spürbar zu.

Aber nicht nur der Hyno hatte einen weiteren teil seiner
langen reise hinter sich gelegt. Auch die Lyna und die
schattenkrieger hatten nun die grenze von Gongola nach
Galä erreicht und überschritten.
Für die schattenkrieger war es nun ein vorteil dass die
Lyna mit dem fluch des Hewero belegt war da die dunkle
wolke über ihr einer großen zahl der krieger unter sich
platz bot und diese so voller tatendrang ihrer bestimmung
nachgehen konnten ohne an kräften einzubüßen.
So marschierte auch diese gruppe zügig ihrem ziel
entgegen.

Der einzige der noch nicht losmarschierte war der Assys
der nun aber auch bald seine reise zum berg Asymta
begann. Er hatte sich in den letzten tagen eine armee von
viertausend lichtkriegern gezüchtet die er alle aus seinem

einen zuchtburschen mit einem magischen trank entstehen ließ. Dies funktionierte so dass er einen großen kessel vor dem eingang zu seinem palast aufstellte und jedem lichtkrieger eine ration in ein gefäß goss woraufhin dieser sich dann doppelte. Dies ging solange weiter bis der topf leer war.

Die entstandenen lichtkrieger waren so stark wie ein Sors und so weise wie ein Sae. Weiterhin waren sie völlig immun gegen das sonnenlicht so dass diese neue rasse bestens für die anstehenden kämpfe geeignet war.

Nachdem er nun also eine ausreichende anzahl an kriegern besaß machte er sich umgehend auf den weg zum Asymta um dort nicht nur dem Hyno das lebenslicht zu nehmen sondern auch die Lyna mit erfolg zu besteigen damit sie ihm die ersehnte tochter schenken konnte die er benötigte um seinen plan wahr werden zu lassen.
So bestiegen der magier und seine neue armee ihre soloken und machten sich flinken hufes auf den weg.

Als der könig nun den ersten fuß seines reittieres in das dichte gewäld schreiten ließ verfügte er dass der Hylino ihm kurz die wegskizze übergeben sollte damit er weisheit über den rechten weg erlangen konnte. Weiterhin forderte er dass die beiden seher ihre übersinnlichen spiegel besehen sollten um in der nähe befindliche stellungen der feinde vorhersehen zu können so dass die gruppe bereits schon jetzt einen passenderen weg einschlagen konnte.

Kurze zeit darauf verkündeten beide seher dass keine hinterhalte oder ähnliches zu erwarten waren.

Daraufhin gab der könig seinem obersten krieger die wegskizze wieder zur hand und sie betraten allesamt das gewäld. Hier waren auffällig viele bäume umgestürzt und auf dem boden waren zerstörte pflanzen und teile von waffen zu erkennen die ein zeichen eines früheren mächtigen kampfes darstellten. Der Hyno fragte sich nun ob es hier eine stellung der schattenritter gab oder ob sie auf ihrem eroberungszug auf dem weg von einer Saefestung zur nächsten nur in einen kampf verwickelt worden waren. Sofort fiel ihm auch wieder der verräter ein der sich in seinen reihen befinden konnte.
Die gedanken des königs wurden durch einen zwischenruf des Cleto beendet. Er fragte seinen herrscher ob er denn ein problem besäße. Dieser erwiderte dem magier dass er seine gedanken später verkünden werde wenn man das tal Hajo erreicht hatte. So ritten die mannen des königs weiter durch das fast einem schlachtfeld gleichende gewäld.
Nach etwa einer seok passierte es dass der soloke des Hylino mit einem huf an einer baumwurzel anstieß und gen boden fiel. Da der krieger auf eine solche bewegung des reittieres nicht vorbereitet war stürzte er ebenso und landete auf der erde. Dabei verlor er unbemerkt von allen die wegskizze.
Nichts ahnend vergewisserte er sich seiner unversehrtheit ertrug mannhaft das hohngerede seiner gefährten über seine fähigkeit des solokenritts stieg auf sein reittier und

setzte seinen weg mit einem leicht rot verfärbten haupt fort.

Nach einer weiteren seok vernahmen die mannen um den könig plötzlich eine seltsame ruhe. Man blickte gen himmel und man konnte eine sehr große dunkle wolke erkennen. Kurz darauf erkannte der Bytho einen Klereo vorbeifliegen. Gefahr lag in der luft. Dann lauschte der Skolo und vernahm in der ferne den hohen gesang eines Kobo. Nach einer weile konnten auch die anderen die laute des flugtieres vernehmen.

Man fragte sich nun was die klügste tat sein würde. Der könig verfügte dass sich einer seiner begleiter als späher betätigen und vorreiten sollte. Nachdem alle ihr haupt gen boden neigten verfügte der Hyno dass es der krieger Galuo sein sollte der den ritt voraus wagte. Dem benannten blieb nun keine andere wahl als seinem könig zu gehorchen.

Bevor er aber seinen auftrag anzutreten hatte wollte der herrscher noch einmal die wegskizze einsehen um einen ort zu bestimmen an dem sich die gruppe bis zur verkündung der erkenntnisse des Galuo aufhalten würde und um einen geeigneten fluchtort für den krieger auszumachen wo er wirkungsvollen schutz finden sollte wenn er auf eine große anzahl von feinden stieß.

Nachdem sich herausstellte dass der Hylino die wegskizze verloren hatte äußerte der seher des königs dass vielleicht auch er derjenige sein könnte der in diensten des Assys stand. Dieser verkündung wurde allerdings keinerlei beachtung gegenübergebracht. Vielmehr forderte nun der könig seinen seher auf seinen übersinnlichen spiegel einzusehen um so etwas mehr erkenntnisse in das dunkel der geiste zu bringen. In seinem spiegel konnte er jemanden erkennen der einen braunen umhang trug und auf dem boden lag. Zu diesem eilten vier oder fünf schattenkrieger. Da im hinteren teil des bildes aber bereits das tal Hajo zu erblicken war spielte sich diese handlung noch gut zwei oder zweieinhalb seok von der gruppe entfernt ab. Mehr konnte der seher nicht erblicken. Da der Hyno dem Skolo trotz all seiner verdienste um die gruppe nicht all zu viel vertrauen entgegen brachte ließ er ihn seinen spiegel nicht befragen.

Es war nun also der Galuo der seine tapferkeit unter beweis zu stellen hatte indem er alleine voranritt. Die anderen mitglieder der gruppe rasteten. Sie verhielten sich still und lauschten. Der Bytho beobachtete den himmel. Der Klereo war verschwunden. Der Kobo allerdings schien sich der gruppe zu nähern.

Kurze zeit später konnten sie ihn dann auch erspähen. Es hatte den anschein als würde das flugtier über irgend etwas oder irgend jemandem kreisen. Sofort erhoben sich die mannen des königs und hielten ihre waffen in die richtung aus der sich der mögliche feind näherte. Plötzlich setzte sich der Kobo auf einen ast über dem Bytho und blickte ihn an. Etwas später vernahm man ein lautes rascheln eines dichten dornenbusches der sich in der unmittelbaren nähe der gruppe befand. Als sich die zweige der pflanze nun zu bewegen begannen richteten die krieger ihre waffen auf den busch. Dann sprang jemand daraus hervor und konnte seinen lauf gerade noch vor dem schwert des königs anhalten.

Es war eine junge Hyso. Sie erklärte dem Hyno dass sie auf der flucht vor einer gruppe von schattenkriegern war die sie verfolgten um sie in ihre gewalt zu bringen. Das haupt der jungen magierin war völlig verdreckt und auch hatten sich einige schnitte durch die dornen des busches in ihrem gesicht gebildet. Ihre kleidung entsprach dem aussehen ihres kopfes.

Sie bat die mannen des königs um hilfe. Sie sollten sie vor den schattenkriegern beschützen und sie sicher zurück zum ordenshaus der Hyso geleiten. Als dank wollte sie die gruppe sicher ins lager im tal Hajo führen. Nach einer sehr kurzen beratung verfügte der könig dass es so geschehen sollte. Als erstes schoss der Skolo mit seinem bogen den Kobo ab damit dieser ihnen nicht weiter folgen konnte und so ihren aufenthaltsort preis gab.

Der könig strich der jungen magierin durchs haar und hob sie zu sich auf den soloken. Den braunen umhang den sie bei sich trug ließen sie liegen. Aus dankbarkeit umarmte die Losula so war der name der Hyso den könig was bei der Osa negative gefühle gegen die neue aufkommen ließ.

Wie zugesagt führte die magierin die gruppe noch vor dem anbruch der nacht zur festung im tal Hajo wo man die mannen des königs bereits erwartete.

Hier wollte sich die gruppe nun zunächst einmal ausruhen und von den anstrengungen der letzten tage erholen. Ihre waffen und anderen ausrüstungsgegenstände wurden von den hier arbeitenden schmieden und anderen handwerkern wieder vollends in stand gesetzt.

6. kapitel

Der tempel der könige

Als die sonne am nächsten morgen das land wieder erhellte waren die mannen des königs ausgeruht und neu zu kräften gekommen. Sie ließen sich einen beratungsraum einrichten und arbeiteten nun mit den obersten der in der festung lebenden kriegern einen plan für ihr weiteres vorgehen aus.

Man rechnete damit dass der feind eine etwa zwanzigtausend Sors starke armee mit sich führen würde so dass man etwa ebenso stark an kriegern in den kampf ziehen konnte. Problematisch war eben nur die körperliche übermacht der feinde. Dieses problem wurde dann aber noch verstärkt als sich ein späher der festung zurückmeldete und verkündete dass im land die kunde umher ging dass die armee der Lyna mindestens hunderttausend Sors stark war.

Gegen eine so große schar an kriegern war ein kampf mann gegen mann fast sinnlos. Da man aber viel redet ließ der könig seine beiden seher ihre übersinnlichen spiegel besehen und kurz darauf hatte er dann gewissheit dass die armee der Lyna tatsächlich so stark war. Weiterhin bot sich in den spiegeln ein bild der verwüstung und der totalen zerstörung überall dort wo sich die armee der schattenkrieger des nachts ihren weg richtung Asymta bahnte.

Nun war guter rat teuer.

Sowohl der Hylino als auch die Osa hatten keinen einfall wie man gegen eine solch starke armee ankommen sollte.

Dann kam der Losula ein kluger gedanke. Wenn die mannen des königs sie zum orden der Hyso geleitet hatten könnte die oberpriesterin des ordens einen speziellen trank brauen der die krieger des Hyno stärker und noch weiser werden ließ so dass sich die körperliche übermacht des feindes nicht gar so arg auswirken würde. Da er keine andere wahl hatte nahm der könig diese möglichkeit als die einzig vernünftige an und zeigte seine dankbarkeit der magierin gegenüber erneut durch eine herzliche umarmung was der Osa sehr missfiel. Voll des zornes verließ sie den beratungsraum und ging zum übungsfeld wo sie ihre fertigkeiten im kampfe mit dem schwert sehr zum leiden ihrer gegner aufbesserte.

Derweil versuchten der könig und der Hylino weiter einen weg zu finden die armee der Lyna langsamer voranschreiten zu lassen damit es im günstigsten fall überhaupt nicht zu einem kampf der krieger am Asymta kommen musste. Er wollte unbedingt erreichen dass er früher als die schwester beim schwert des Hewero ankam um es dann an einem anderen ort verstecken zu können um so eine schlacht zu vermeiden.

Man sah sich einige landesskizzen an und entschied an wichtigen positionen auf größeren hügeln und bergen stellungen zu errichten von denen die krieger von oben herab mit großen felsen heißem pech und anderen waffen gegen die von unten her ankommenden Sors kämpfen *sollten. So könnte man die große überzahl des feindes in etwa ausgleichen.*

Dieser vorschlag wurde von dem Hylino und dem führer der festung im tal Hajo angenommen so dass kurz darauf eine verfügung des königs erklärt wurde und man alsbald begann diese in die tat umzusetzen.

Ein blick gen himmel verriet den kriegern allerdings dass es ein sehr schwerer kampf werden würde. Die in geringer anzahl aufgetretenen dunklen wolken hatten sich mittlerweile zu einer großen geschlossenen decke vereint die zwar immer noch genug platz für die strahlen der sonne bot aber in einigen tagen würde dies wohl nicht mehr so sein und dann könnte die armee der Lyna ihre schlachten den ganzen tag in voller kraft schlagen.

So konnte sich die prinzessin weiterhin an dem erfolg des raschen vorankommens ihrer Streitkräfte erfreuen. Da der Luso ein weiser kriegsführer war kam es dazu dass die schattenkrieger einen sieg nach dem anderen feiern konnten und dass es kaum zu einer schwächung der eignen armee gekommen war.

Noch besser erging es dem Assys der mit seinen lichtkriegern dem pfad der verwüstung den die Lyna hinterließ folgte und so ohne einen einzigen kampf zu führen rascher vorankam als alle anderen gruppen.

Der Klereo den die mannen des königs kurz vor ihrer begegnung mit der Losula wahrgenommen hatten wurde von dem dunklen magier gesandt so dass sich dieser im klaren darüber war wo sich der könig etwa befand. Er schickte nun einen weiteren spähvogel aus und schaute auf seine wegskizze. Es gab nur einen pfad der von dem orden der Hyso zum berg Asymta führte. Dieser lag jedoch fern des weges den der Luso und die Lyna nahmen so dass sich der Assys entschied nicht länger der prinzessin zu folgen sondern den anderen weg zu nehmen um so die mannen des königs nach dem verlassen des ordens abzufangen und auch die möglicherweise von dem Hyno errichteten wegsperren und hinterhalte umgehen zu können. Sein ziel war es seine lichtkrieger möglichst in voller stärke zum berg Asymta zu führen um sich dort dann der Lyna stellen zu können.

Zu dieser zeit wollten sich der könig und seine begleiter wieder auf den weg machen. Da man aber immer noch an das beisein eines verräters denken musste verfügte der Hyno dass sich zwei krieger der festung als späher auf den weg machen sollten um so hinterhalte und stellungen des feindes zur rechten zeit melden zu können. Außerdem verfügte der könig das elf weitere krieger zu seiner verfügung gestellt werden sollten. So war seine gruppe immer noch klein genug um sich in den gewälden unauffällig und geschwind fortbewegen zu können aber auch wehrhaft genug gegen den feind.
So ließ der könig den spähern einen vorsprung von drei seok bevor er sich dann auf den weg zum orden der Hyso machte. Diese zeit verbachten er und sein freund der

Hylino im beisein der Losula welche die beiden Sae mit
ihrem erquicklichen wesen unterhalten hatte.
Den unmut der Osa wegen dieser tat ihres herrschers
bekamen derweil unzählige krieger auf dem übungsplatz zu
spüren.
Kurz bevor der herrscher von Galä nun endgültig die
festung verließ bekamen er und seine begleiter noch neue
stahlrüstungen mit denen auch die soloken bestückt
wurden da diese einen noch besseren schutz gegen die
schwerter und stangenwaffen der schattenkrieger boten.

Nachdem der Hyno und seine begleiter nun einen halben
tag lang unterwegs waren kamen ihnen die späher
entgegen gelaufen und berichteten dass sich auf diesem
weg fünf große stellungen des feindes befanden.
Glücklicherweise kannte die Losula einen anderen pfad der
allerdings sehr viel unwegsamer war als die geplante route.
Nach einer kurzen beratung mit dem Hylino und dem
Bytho verfügte der könig dass man den pfad der Losula
einschlagen werde um so dem feind aus dem weg zu gehen.
Als sich die mannen des königs etwa eine seok auf dem
tatsächlich sehr unwegsamen pfad befanden mussten sie
von ihren soloken absteigen und neben ihnen her
marschieren da sich das geäst und das gestrüpp der bäume
und pflanzen viel zu niedrig über dem boden befand. So
kamen sie nun zwar mit viel weniger tempo voran aber sie
konnten sich anderseits auch gewiss sein dass ihnen keine
schattenkrieger folgen konnten da diese viel zu ungelenk
waren um sich durch ein solches gebiet zu bewegen.

Zu jener zeit nahm der Assys verbindung zu seinem „Klereo" auf und sah mit seinen augen wo sich der könig befand.

Um das vorankommen wenigstens etwas behindern zu können schickte der dunkle magier einen mächtigen sturm dorthin wo sich der Hyno und seine begleiter bewegten. So mussten sie nun also nicht nur gegen das unwegsame gelände sondern auch gegen diese naturgewalt ankämpfen.

Äste brachen zu hauf von bäumen die selbst vereinzelt nicht gegen die starken winde ankamen und umfielen. Weiterhin kam es dazu dass sich der grund an manchen hängen löste und auf den weg der mannen des königs herab fiel.

Als der Hyno dann von seinen magiern verlangte das unwetter außer kraft zusetzen und ihnen dies nicht möglich war kamen sie zu der erkenntnis dass es sich nicht um ein natürliches sondern um ein von dem Assys gewolltes naturereignis handelte. Er musste also kenntnis darüber besitzen wo sie sich befanden.

Kurz darauf erblickte der Cleto den eingang einer höhle. Die Losula verkündete dass es sich hierbei um eine grotte handelte die ganz in der nähe des ordens der Hyso endete.

Allerdings war sie schon seit mehreren mittleren mondperioden nicht mehr in diese höhle hineingestiegen da sie sich an solchen orten immer unwohl fühle. Wegen des starken unwetters verfügte der könig trotzdem dass der weg durch diese grotte zu nehmen war.

Auf den ersten blick schien die höhle ein sicherer und guter weg für die gruppe zu sein. Es kam den mannen des königs nur merkwürdig vor dass sich an den wänden der höhle brennende fackeln befanden. Andererseits war es an diesem ort viel zu unwegsam als dass sich hier Sors aufhalten konnten. Die Losula erklärte dem könig dass es sich bei diesen feuern um ewige flammen handelte die von mitgliedern ihres ordens schon vor dreihundert großen mondperioden hier entzündet wurden.

So konnte die gruppe nun also beruhigt weiter marschieren. Die wege der grotte waren so schmal dass man gezwungen war hintereinander an den dunkelbraunen lehmigen feuchten wänden vorbeizulaufen um nicht in gefahr zu geraten in den breiten schnell fließenden strom zu fallen der sich direkt neben ihnen befand. Um ihren herrscher zu schützen ritten die krieger jeweils am anfang und am ende des zuges und der Hyno selbst befand sich zusammen mit der magierin und den zauberern in der mitte.

Kurze zeit darauf erreichte die gruppe eine weggabelung. Da sich die kleine Hyso nicht mehr an den zu folgenden weg erinnern konnte verfügte der könig dass die seher ihre übersinnlichen spiegel besehen sollten. Der Skolo sah dass sich auf beiden wegen große gefahren befanden die er aber nicht genau einzuordnen im stande war und der seher des königs riet dazu dem rechten pfad zu folgen da dieser in unmittelbarer nähe des ordens der Hyso endete.

So verfügte der könig den rechten weg zu nehmen. Unbemerkt von allen anderen ließ sich der seher des

83

königs nun ebenso wie der Cleto ans ende des zuges zurückfallen.

Da der Skolo unbedingt mit dem seher des königs reden wollte blieb dieser kurze zeit später ebenfalls zurück. Diese handlung wurde vom weisen magier Bytho wahrgenommen der daraufhin auch bemerkte dass sich sein vertrauter der Cleto und der seher des königs nicht mehr in der reihe sondern am ende des zuges befanden. Gerade wollte er seine erkenntnis dem Hyno verkünden da kam plötzlich ein echsenartiges etwa ein viertel oaak großes wesen aus dem wasser hervor. Sein großer kopf mit den drei riesigen hörnern und dem stoßzähnensähnlichen gebiss versetzten die mannen des königs in große furcht. Trotzdem stellten sich die krieger um den Hylino dem übermächtigen tier und griffen es mit ihren stangenwaffen und bögen an. Es entbrannte ein mächtiger kampf indem vier krieger von dem tier gefressen wurden bevor es dann der Osa gelang dem feind beide augen mit ihrem schwert so zu verletzen dass er schwer blutend unter wasser tauchte und von einem fortsetzen des kampfes absah.

Um weiteren gefahren besser entgegentreten zu können verfügte der könig dass sein seher erneut seinen übersinnlichen spiegel besehen und dass der Galuo erneut voranschreiten sollte um sich als späher zu betätigen.

Währenddessen verkündete der übersinnliche des Hyno dass es keine weiteren gefahren auf dem weg zum ende der grotte gab.

So setzte sich die gruppe erneut in bewegung wobei sich der seher des königs erneut ans ende zurückfallen ließ.

Da der Bytho auch diese tat wahrgenommen hatte begab er sich zu seinem herrscher um ihn darüber in kenntnis zu setzen. Als er die kunde vernommen hatte entschied er sich dazu die drei personen etwas genauer im auge zu behalten und verfügte dass der Bytho es ihm gleich tun sollte jedoch ohne die anderen gruppenmitglieder davon in kenntnis zu setzen da er einen streit vermeiden wollte um die reise nicht in ihrer gänze zu gefährden.

Alsbald erreichten sie nun das ende der grotte und betraten ein tal. Das wetter war halbwegs sonnig und weit und breit war keine gefahr zu ersehen. So nahmen sich die mannen des königs eine kurze zeit zur rast und der Bytho erinnerte sich daran dass es in diesem tal einen alten tempel gab indem der vater des Hyno oftmals weise schriften vergangener herrscher las und wie sich diese im kampf gegen die mannen aus Gongola verhielten.
Der Hyno fragte sich nun selbst ob es die zeit erlaubte dass die gruppe einen umweg zu diesem ort in kauf nehmen konnte oder ob sie schon so fortgeschritten war dass hierfür keine zeit mehr verbliebe.
Der könig befragte die Losula wie weit denn der orden der Hyso noch entfernt war woraufhin diese entgegnete dass man noch etwa eine seok auf den soloken marschieren musste um das ziel zu erreichen.
Da die sonne das tal noch etwa drei seok erhellte verfügte der könig dass man sich auf den weg zum tempel machen wird um dort die alten schriften einzusehen.

Am himmel waren nach wie vor große dunkle wolkenzüge zu erkennen die aber immer noch genügend raum für die strahlen der sonne hergaben.

Der Bytho führte die gruppe nun zum tempel der könige von Galä. Er lag versteckt unter der erde im tal der könige. Sein eingang war hinter einem mächtigen felsen versteckt der von einer großen hecke geschützt war. Diese galt es nun beiseite zu drücken um so das gebäude betreten zu können. Da die soloken hier nicht mitgeführt werden konnten verfügte der könig dass fünf krieger und der Galuo bei den reittieren wache halten sollten.

Der weg zum saal der könige wurde ebenso wie die grotte welche die gruppe vor kurzer zeit durchquerte mit den ewigen flammen der Hyso versehen. Als der Hyno und seine begleiter nun an ihrem ziel angekommen waren griff sich der könig das gesuchte buch und blätterte darin. Dabei stellte er fest dass einige seiten fehlten. Nach genauerem hinsehen erlangte man gewissheit darüber dass entweder der Assys oder eine gruppe von Sors bereits hier gewesen sein mussten um sich die entsprechenden seiten einzuvernehmen. Genau in diesem moment vernahm man laute geräusche die zweifelsfrei von Sors stammten. Der könig packte das buch in seine tasche und die gruppe räumte den saal der könige um schnellst möglich den tempel wieder zu verlassen.

Doch es war zu spät.

Den mannen des königs stellten sich neun schattenkrieger die den tempel betreten hatten in den weg.

Der Bytho zückte umgehend seinen magischen stab und hielt die dunklen kämpfer damit von sich und den anderen fern. Dann äußerte der Cleto dass er einen geheimen gang kennen würde der vom saal der könige in freie führte. Der Hyno hatte aber zweifel ob er den Bytho nun zurücklassen sollte da dieser ihnen ja nicht folgen konnte es sei denn er würde die magische wand zwischen der gruppe und den schattenkriegern auflösen. Der weise magier stellte sich aber mutig in den dienst der sache und verfügte dass sich der könig mit den anderen auf den weg nach draußen begeben sollte. Solange er im stande war die mannen des Assys aufzuhalten würde er dies tun. Schweren herzens und mit einem mächtigen gefühl des unwohlseins im bauch folgte der könig mit seinen leuten nun dem Cleto der ihnen den geheimen weg öffnete und mit ihnen darin verschwand. Hier gab es keine ewigen lichter so dass man die eigene hand nicht erkennen konnte. Kurze zeit nachdem sie den raum betraten und sich die geheime tür hinter ihnen verschlossen hatte hörte man des Bythos lautes wehklagen. Sofort war allen klar dass diese schreie keine laute des sieges waren sondern die letzten momente im leben des weisen magiers bevor sich sein lebenslicht löschte.
Die mannen des königs senkten einen kurzen moment lang ihr haupt bevor sie dann vernehmen mussten wie die schattenkrieger den saal der könige betraten und anfingen an der wand nach der geheimen tür zu suchen. So blieb dem könig keine andere möglichkeit als die sofortige flucht zu verfügen.

Nachdem sie den geheimen gang passiert hatten erreichten sie eine gewaltige grotte. Hier hingen nun wieder die ewigen lichter an der wand. Weiterhin gab es hier eine morsche hängebrücke die über einen reißenden strom aus lava gebaut wurde. Sie bot den einzigen weg der nicht zurück zum tempel führte.

Inmitten der alten überquerung fehlten ein paar der bretter so dass man es sich mehrfach bedenken musste ob das überschreiten überhaupt möglich war. Viel zeit zu überlegen verblieb der gruppe aber nicht da man bereits die schattenkrieger nahen hörte. Weil die alte brücke ein überspringen der fehlenden bretter nicht getragen hätte verfügte der könig das einer der krieger sich bauchliegend zwischen die fehlenden holzteile legen sollte um so ein vorankommen der gruppe zu ermöglichen. Dies tat er mittels fingerzeig. Der auserwählte krieger handelte entsprechend dem willen seines herrschers. Als das letzte mitglied der gruppe des Hyno über den krieger gestiegen war kamen die schattenritter am vorderen ende der überquerung an. Ohne sich über den zustand der brücke gedanken zu machen liefen sie den mannen des königs hinterher. Aufgrund ihres großen gewichtes konnte sich der krieger der zwischen den fehlenden brettern hing nicht mehr festhalten so dass er nun mit dem haupt nach unten hing und nur noch mit seinen füßen an einem brett halt fand. Die krieger des bösen schenkten dem Sae keine beachtung und sprangen über den fehlenden weg und es geschah genauso wie der Hyno es befürchtet hatte. Als der schattenkrieger auf dem nächsten brett der überquerung aufkam brach dieses und mit ihm die gesamte brücke in sich zusammen und alle darauf befindlichen personen vielen in die fließende lava.

Da es keiner der schattenritter über die hängebrücke schaffte konnten der könig und seine begleiter nun derer gedenken die in der letzten zeit ihren tod fanden. Vor allem das ableben des weisen Bytho traf den könig schwer. Nicht minder lobte er aber die tapfere tat des kriegers auf der brücke ohne dessen handeln niemand in der gruppe noch das lebenslicht besitzen würde.

Nachdem man sich von den gegangenen verabschiedet hatte folgte man dem einzigen pfad der sich nun auftat und erreichte nach einem längeren marsch eine große lichtung. Am himmel standen nun schon die sterne und die drei monde von Galä. Da sich das ziel der gruppe am anderen ende dieses ortes befand war nun eile geboten wenn man es noch sicher erreichen wollte. Langsam zogen dunkle wolken auf die das licht der monde erlöschen lassen konnten.

7. kapitel

Der orden der Hyso

Die mannen des königs erreichten das ordenshaus der
Hyso ohne dass sich weitere zwischenfälle ereigneten.
Dort angekommen wurden sie freudig von den weiblichen
magierinnen empfangen und durften sich als erstes mit
einem köstlichen mahl stärken.
Danach führte die Losula den könig zur oberpriesterin des
ordens die ihren herrscher in ihrem wie diamanten
glänzenden thronsaal auf selbigem sitzend empfing.
Zunächst bedankte sie sich für die freundlichkeit der
Losula das geleit gegeben zu haben und weiterhin lobte sie
den Hyno für seinen mut den mächten des bösen die stirn
zu bieten.
Daraufhin verkündete der könig die geschehnisse der
letzten tage und bat die oberpriesterin um einen trank oder
eine magie welche die gruppe nach dem schmerzlichen
verlust des weisen magiers Bytho in ihrem kampf stärken
sollte.
Die oberpriesterin fragte ihre weise kristallkugel der Hyso
um rat und diese gab bekannt dass der Bytho keinesfalls
nicht mehr unter den lebenden weilen würde. Er selbst
hatte sich mit einem magischen trank an den verloren
geglaubten ort acht tage vom orden der Hyso entfernt
begeben um dort seine kräfte und seine weisheit zu
stärken. Leider handelte es sich bei diesem platz aber um
eine stätte ohne wiederkehr auf selbem wege was bedeutete

91

dass der könig und seine mannen sich selbst zu fuß auf
den weg machen mussten wenn sie den weisen Bytho
jemals wieder sehen und befreien wollten.

Auf die frage wie er an diesen ort gelangen konnte
erwiderte die Hyso dass einzig wer durch ein besonderes
wasser welches nur im see der Hyso vorhanden war
gebadet hatte konnte die magische barriere zu jenem
verloren geglaubten ort überwinden und wieder von dort
zurück in das reich von Galä kehren.

Nun wollte der könig wissen ob er und seine begleiter in
diesem wasser baden durften um so den magier zu befreien
woraufhin die priesterin verkündete dass nicht alle
begleiter des königs mit reinem herzen unterwegs waren.
Diese leute die im dienste der dunklen mächte standen
durften auf gar keinen fall im wasser der Hyso baden da
dies ein unbeschreibliches durcheinander verursachen
würde dass alles leben auslöschen konnte.

Der Hyno bat nun um die nennung der namen jener
doppelzüngigen begleiter doch die weise Hyso verweigerte
dem könig die antwort. Sie sah in ihrer kugel dass jene
verräter noch eine wichtige rolle auf dem weg zum berg
Asymta besaßen so dass sie es nicht zulassen konnte dass
der Hyno die namen jener begleiter erfuhr. Er konnte sich
aber gewiss sein dass jene doppelzüngigen gefährten wenn
ihre zeit gekommen war ihre gerechte strafe erhalten
werden.

So kam es zu der verfügung dass lediglich der Hyno der
Hylino und die Osa im fluss der Hyso baden durften.
Gerade für die Osa wäre es wichtig das bad zu nehmen da

das wasser auch eine heilende wirkung besaß was ihre
erlittenen wunden ungeschehen werden ließ und sie so mit
ganzer kraft ihre reise fortsetzen könnte.

Der nächste morgen.

Es kam nun zu dem angekündigten bad der drei Sae.
Danach wurden alle mannen des königs mit einem
magischen trank benetzt der ihre erinnerung an den
standort des ordens verschwinden ließ.

Als sie wieder zu sich kamen befanden sie sich bei hellem
sonnenschein ohne dass eine wolke zu sehen war inmitten
einer lichtung am hang eines großen berges. Was den
mannen des königs erst nach einem zweiten hinschauen
zur kenntnis kam war dass sich der berg auf dem sie sich
aufhielten so hoch war dass sie sich im moment oberhalb
der wolkendecke befanden. Erst als sie nach unten sahen
konnten sie erkennen dass unter ihnen soweit die blicke
reichten alles mit schwarzen wolken überzogen war.
So kam es auch dass sie keine kenntnis über ihren
augenblicklichen standort erhielten.
Erst nachdem der könig die wegskizze des Hylino
eingesehen hatte wussten sie recht genau wo sie sich nun
befanden und wohin sie sich begeben mussten um den
magier Bytho zu befreien.
Da sie aber über keine soloken mehr verfügten stand ihnen
nun ein marsch von sechstägiger dauer bevor.

8. kapitel

Vor den toren des verloren geglaubten landes

Durch die nun dauerhaft anhaltende dunkelheit kam es dass sich der Luso und die Lyna viel rascher ihrem ziel nähern konnten als sie es selbst für möglich hielten. Allerdings begangen sie den fehler zu glauben dass sie es selbst bewirkt hatten dass eine solch mächtige dunkelheit auch am tage über das land herrschte. Die möglichkeit dass die anwesenheit des Assys in Galä einen anteil daran hatte hatten die beiden siegessicheren nicht in ihre gedanken mit aufgenommen.

Die armee der Lyna hinterließ eine spur der verwüstung und totalen zerstörung überall dort wo sie auftauchte. Mehrere stellungen und festungen der Sae wurden ohne den verlust eines einzigen schattenkriegers eingenommen zerstört und abgebrannt.

Bald allerdings sollten sie auf die ersten errichteten wälle im gebirge treffen die der Hyno in der Festung im tal Hajo zu bauen verfügte.

Weiterhin keine schwierigkeiten beim voranschreiten seiner armee hatte der Assys. Er folgte wie er es geplant hatte einem kleinen abseits gelegenen pfad wo er dann die mannen des königs nach dem verlassen des ordens der Hyso stellen wollte. Nachdem er hier aber keine spuren des feindes fand und es sich auch durch keinen Klereo abzeichnete dass er die gruppe hier noch antreffen werde nahm er erneut kontakt zu seinem verbündeten in den reihen des königs auf und sah durch seine augen wie dieser und sein gefolge gerade einen mächtigen berg herabstiegen.

Da der verräter selbst keine kenntnis über seinen augenblicklichen aufenthaltsort besaß konnte auch der Assys nicht wissen wo sich die gruppe zur zeit aufhielt. Aus diesem grund schickte er vier Klereos auf den weg ihm diese kenntnis zu verschaffen. Er nahm seine wegskizze hervor und betrachtete sie eine lange zeit um einen berg in der nähe zu finden der eine solch mächtige höhe besaß dass er sich bis über die wolken erstreckte. Es gab in ganz Galä nur drei erhebungen die eine solch mächtige höhe besaßen. Eine davon war der Asymta den er als möglichen aufenthaltsort ausschloss da dieser zu jenem zeitpunkt noch nicht von der dunkelheit umgeben sein konnte. Nun musste er sich zwischen den beiden anderen bergen entscheiden.

Dann nahm er wieder kontakt zu seinem verbündeten auf und ließ diesen umherblicken. Da viel dem dunklen magier auf dass der Bytho nicht mehr im kreise der mannen des königs war. Daraus schloss er richtigerweise dass es zu einem zwischenfall kam der den magier zwang sich in das verloren geglaubte land zu begeben und dass der könig nun auf dem weg war seinen freund den Bytho zu befreien. So entschied der Assys sich darauf einzustellen dass sich die gruppe um den Hyno auf dem berg befand der diesem land am nächsten gelegen war. Glücklicherweise war sein eigener aufenthaltsort einen tagesmarsch näher am verloren geglaubten land als der des königs so dass er nun den plan fasste den Hyno dort zu stellen.

Um ganz sicher zu sein dass er mit seiner vermutung richtig lag sandte er drei der vier Klereos nun in diese richtung und machte sich selbst dorthin auf den weg.

Nachdem sich die mannen des königs nun zu fuß unterhalb der dunklen wolken befanden begann für sie ein beschwerlicher weg. Überall roch es nach den feuern welche die krieger der Lyna hinterließen und hinter jedem größeren felsen dieser völlig zerstörten dunklen landschaft konnte sich eine gruppe von Schattenkriegern versteckt halten. Es kam nun mehr als sonst darauf an dass sich der könig auf seine seher verlassen konnte.

Allerdings war er sich bewusst dass es bisher nur wenige hilfreiche erkenntnisse von beiden gegeben hatte. So hielt sich der könig dann doch hauptsächlich an seine krieger den Hylino und die Osa die nachdem die Losula die gruppe verlassen hatte wieder besser auf den Hyno zu sprechen war. Zeitweise gingen die beiden einige seok lang nebeneinander her und beschützten sich gegenseitig halfen ausschließlich sich bei der überquerung von flüssen oder mächtigen hängen.

Bald erreichte die gruppe eine niedergebrannte festung der Sae wo sie aufgrund der schwelenden brände noch ersehen konnten dass sich der feind noch nicht allzu weit entfernt haben konnte. Bei der suche nach noch lebenden kriegern wurde die Osa fündig. Da das lebenslicht des mannes schon fast erloschen war gab der Cleto ihm einen schluck eines magischen trankes der zwar sein ableben nicht verhindern aber zumindest einige seok hinauszögern konnte so dass der Sae seinem könig kenntnis über die geschehenen dinge und die stärke der armee der Lyna bringen konnte.

Der Hyno war erstaunt als er von den hunderttausend Sors erfahren hatte welche die mit nur viertausend kriegern besetzte stellung in weniger als einer halben seok dem erdboden gleichmachten und ohne den verlust eines einzigen schattenkriegers weiterzogen nachdem sie sich mit den gelagerten vorräten waffen und schriften über die anderen stellungen der Sae welche sich in der nähe befanden eingedeckt hatten.

Dann löschte sich das lebenslicht des kriegers und die mannen des königs suchten nun ihrerseits nach essen und waffen welche die schattenkrieger vielleicht nicht mit sich genommen hatten.

Es fand sich noch etwas nahrung in dem keller eines abgebrannten hauses aber waffen oder pfeile für die bögen waren keine mehr zu finden.

Während sich der könig und seine begleiter mit dem gefundenen essen stärkten kreisten die drei von dem Assys gesandten Klereos über ihren köpfen.

Da der Hyno und seine begleiter zu abgelenkt waren nahmen sie die flugtiere nicht zur kenntnis und waren sich so auch nicht bewusst dass der Assys ihnen dicht auf den fersen war.

Nachdem er seine wegskizze noch einmal in augenschein genommen hatte fasste der dunkle magier den entschluss die mannen des königs am rande des letzten gewälds vor dem verloren geglaubten land von der dahinter liegenden lichtung her anzugreifen da sie so in den forst flüchten mussten.

Weil der könig über keine reittiere mehr verfügte der Assys aber sogar sieben soloken mehr mit sich führte als er für seine krieger benötigte war er sich ziemlich sicher dass er lange vor den feinden am ort des geplanten überfalls eintreffen werde. Die zusätzlichen reittiere dienten dem dunklen magier als lastenträger für weitere waffen munition und nahrungsmittel.

Als sie sich gestärkt hatten machten sich der Hyno und seine begleiter wieder auf den weg ins verloren geglaubte land. Da die armee der Lyna sich mit jedem tag weiter von der gruppe entfernte und der Assys ihnen von der anderen seite her entgegen kam verliefen die folgenden tage ohne nennenswerte zwischenfälle oder probleme für die gruppe um den könig obwohl sie sich durch dunkles dichtes gewäld kämpfen mussten. Allerdings kam genau dies dem Hylino und der Osa im höchsten maße seltsam vor.

Alsbald konnten sie den könig davon überzeugen dass hier irgend etwas nicht stimmen konnte. In den letzten beiden tagen hatten sie keinen Klereo mehr gesehen und keine stellung der Sors mehr erblickt. Es schien so als würde es niemanden geben der ihnen schwierigkeiten machen wollte.

Dann am morgen des dritten tages gingen der könig und seine beiden besten krieger bei seite und der herrscher erklärte ihnen dass ihm die oberpriesterin der Hyso darüber in kenntnis gesetzt hatte dass sich mindestens ein verräter in seinen reihen befand und dass dieser aber auf dem weg zum berg Asymta eine wichtige rolle für die gruppe innehaben würde.
Weiterhin erklärte er dass die dunkle seite wohl über den einen oder die mehreren verräter sehr wohl immer kenntnis darüber hatte wo sich die gruppe gerade befand.
Auf die frage des Hylino ob er einen angriff des feindes kurz vor den toren des verloren geglaubten landes für wahrscheinlich hielte gab er ein klares „ja" von sich.
Daraufhin nahm der oberste krieger seine wegskizze hervor um sich kenntnis darüber zu verschaffen wo am ehesten mit einem hinterhalt des feindes zu rechnen war. Der Hyno gab preis dass er mit einem angriff unmittelbar vor dem ziel der gruppe rechnete. Die feinde würden sich im letzten abschnitt des gewälds vor dem eingang zum verloren geglaubten land verteilen und dort im schutz der bäume und den moosigen großen hügeln auf die mannen warten.
Des weiteren sagte er dass er hier mit einer etwa hundert mann starken gruppe von Sors rechnete was bei den beiden anderen große gefühle des unwohlseins aufkommen ließ.

Daraufhin erklärte der könig dass es ihr schicksal war auch diesen kampf anzunehmen völlig gleich wie viele gegner sich ihnen nun in den weg stellten denn immerhin war der Bytho der einzige in der Gruppe der wusste wo sich das schwert des Hewero nun genau befand.
Dann gingen die drei zurück zu den anderen und setzten ihre reise fort - immer auf der hut vor möglichen hinterhalten.

Am fünften tag der reise erschien morgens die sonne am himmel und durchbrach die dunklen wolken des bösen. Nun war eine gewisse verwirrung bei den mannen des königs nicht mehr zu leugnen. Alle theorien des königs und des Hylino über einen möglichen angriff der dunklen seite vor den toren des verloren geglaubten landes wurden plötzlich in frage gestellt. Konnte es denn tatsächlich sein dass niemand von feindes seite her in der nähe war? Obwohl sein misstrauen gegen die beiden seher immer noch mächtig war verfügte der Hyno dass sie ihre übersinnlichen spiegel besehen sollten. Das resultat der sehung war ebenso erfreulich wie das verschwinden der dunklen wolken am himmel. Keine gefahren waren zu ersehen. Weiterhin wollte der könig nun wissen wo sich die armee der Lyna befand. Die seher zeigten ihrem herrscher auch hier ein sehr erfreuliches bild. Es war zu sehen dass die prinzessin den fuß eines hohen berges erreicht hatte der von oben herab mit einem neu aufgestellten wall gegen angriffe von unten her gesichert war.

Nun begannen also die entscheidenden und schwierigsten schlachten für die schwester des königs.

Über den aufenthalt des Assys konnten beide seher keine sichere auskunft geben da der spiegel hier nun die sonne zeigte und weder einen genauen ort noch sonst irgend einen hinweis darauf erkennen ließ wo sich der dunkle magier zur zeit aufhielt. Diese kenntnis gefiel dem könig zwar nicht aber da der Assys ebenso wie die Lyna mit dem fluch der dunklen wolken belegt war konnte er sich zur zeit unmöglich in der näheren umgebung der gruppe aufhalten.

So ging man den vorletzten tag der reise zur befreiung des weisen Bytho frohen mutes an und erreichte noch vor dem sonnenuntergang das letzte gewäld vor den toren des ersehnten zieles.

Alles schien gut für die mannen des königs zu laufen.

Auch die bindung zwischen der Osa und dem Hyno hatte sich in den letzten tagen so stark gefestigt dass die beiden Sae die beiden vorigen nächte unter dem selben mantel verbrachten.

Nun legte sich die gruppe zum schlafen.

Eigentlich wollte man sich inmitten der lichtung hinlegen aber da plötzlich ein starker kalter wind aufkam verfügte der könig dass man sich an den rand des gewälds legen sollte da man dort besser vor der naturgewalt geschützt war.

Wie jeden abend wurden die beiden seher beauftragt noch einmal ihre übersinnlichen spiegel zu besehen damit man gewissheit hatte beruhigt schlafen zu können. Doch dieses mal zeigten die gläser nicht nichts an sondern gaben kenntnis über die anwesenheit hell gekleideter personen die zwar den Sae sehr ähnlich waren die man aber in dieser form noch nie zuvor auf Galä sah. Dies beunruhigte den könig und als er nun gen himmel blickte entdeckte er eine große dunkle wolke die rasch auf die gruppe des königs zu kam. Dann konnte man plötzlich geschrei vernehmen dass nicht von schattenkriegern verursacht wurde. Die mannen des königs standen auf zogen so rasch es eben ging ihre rüstungen wieder an und stellten sich mit ihren waffen voraus in die richtung aus der die laute kamen.

Dann konnte man sie erblicken.

Es war der magier Assys der seinen lichtkriegern voran auf einem soloken kurs auf den könig und seine begleiter nahm.

Das verwunderliche für den Hyno war dass die armee des magiers nicht unterhalb der dunklen wolke ritt und trotz des hellen mondlichtes von der lichtung her auf sie zu kam.

Dann stellte er die überzahl des feindes fest und verfügte die sofortige flucht auf die lichtung hinaus. Noch dachte der Hyno dass die kraft der begleiter des Assys im hellen mondlicht zu gering war um sich wirksam gegen die besonderen rüstungen und waffen seiner leute zur wehr zu setzen.

Die gruppe des königs teilte sich auf.

Der Cleto der Skolo und der seher des königs liefen zusammen ins gewäld. Der Hyno und der Hylino flohen nach links über einen mächtigen felsen hinter dem ein steiler abhang war den man vorher nicht ersehen konnte und so vielen sie viele viele oaak hinab und verloren ihre besinnung als sie unten aufkamen.

Die Osa und vier weitere krieger flohen nach rechts und wurden von dem Assys und einigen seiner begleiter verfolgt. Sie staunten nicht schlecht als sie zu der erkenntnis gelangen mussten dass diese neue rasse von rittern Galäisch sprechen konnte und sie zum sofortigen anhalten aufforderte was allerdings nicht getan wurde.

Die verbliebenen begleiter des königs kamen nicht mehr schnell genug davon und mussten sich einem aussichtslosen kampf gegen die lichtkrieger des Assys stellen bei dem zwar auch einigen von ihnen das lebenslicht gelöscht wurde aber die überzahl des feindes war zu mächtig für die mannen des königs so dass diesen gänzlich das licht des lebens genommen wurde.

Etwas besser erging es der gruppe um die kriegerin Osa. Als der Assys fast nah genug an sie heran geritten war um sie mit seinem schwert zu erreichen drehte sie sich einmal zur seite und um ihre eigene achse so dass sie nun hinter dem magier stand und als dieser versuchte seinen soloken umzukehren schnitt sie ihm mit einem gekonnten schwertschlag die tasche mit den magischen tränken von der satteltasche und erreichte gerade noch so seinen magischen stab der hierbei ebenfalls zerstört wurde. Ebenso zerbrachen die behältnisse in denen sich die tränke

des Assys befanden und als diese zusammenliefen kam es
zu einer mächtigen explosion bei der vielen lichtkriegern
das lebenslicht gelöscht wurde.

Dann wurde die Osa plötzlich von dem schild eines
lichtkriegers am haupt getroffen welches durch die
detonation umher geschleudert wurde woraufhin sie die
besinnung verlor.

Da der dunkle magier nun vorerst nicht mehr über seine
magischen kräfte verfügte war es ihm nicht möglich den
aufenthaltsort des Hyno durch die einnahme eines trankes
oder durch die aussendung eines Klereos zu bestimmen.
Auch seine versuche den könig per augenschein zu
entdecken blieben erfolglos.

Die krieger welche mit der Osa zusammen geflohen waren
liefen nun ebenso wie der Cleto und die beiden seher zuvor
in das nahe gelegene gewäld und hofften dort von den
verbliebenen lichtkriegern nicht gefunden zu werden.

Der könig und sein freund lagen bis zum nächsten
erscheinen der sonne besinnungslos auf dem boden unter
einem felsvorsprung welcher eben verhindert hatte dass der
Assys die beiden wehrlosen Sae erspähen konnte. Als die
strahlen der sonne nun sein gesicht erwärmten kam der
Hylino wieder zu sich und dieser führte als erstes seine
hände an sein mit schmerzen beladenes haupt. Sofort
nach der erblickung seines herrschers begann er dessen
schulter zu schütteln. Da es etwas länger dauerte bis der
Hyno wieder zur besinnung fand und sehr viel blut auf
seinem haupt verteilt war befürchtete der krieger zuerst

dass das lebenslicht seines freundes ausgelöscht worden war. Doch dann öffnete der könig von Galä doch noch seine senkrecht stehenden augen und hielt sich ebenso wie sein begleiter kurz davor die hände an den schmerz gefüllten schädel.

Nachdem sie sich dann wieder gesammelt hatten stiegen sie langsam und ohne geräusche zu verursachen den steilen abhang wieder hinauf um sich kenntnis von der lage machen zu können. Als sie den oberen rand des hügels erreichten sahen sie nur noch dass durch die explosion entstandene loch auf der lichtung eine mächtige anzahl toter lichtkrieger und die getöteten begleiter des Hyno auf dem boden liegen. Ein blick gen himmel verriet dem Hylino dass der Assys sich nicht mehr in der nähe befinden konnte. Am anderen ende der lichtung waren zwei soloken zu erkennen die sich die beiden freunde zu eigen machten nachdem sie sich die toten kreaturen die den dunklen magier begleitet hatten genauer betrachteten.

Der Hyno erinnerte sich bei dem anblick der lichtkrieger dass die schaffung dieser neuen rasse eines der ziele mit hoher wichtigkeit für den Assys war und dass er nun die gewissheit hatte dass er dieses ziel erreichte. Diese armee von kriegern konnte also sowohl bei tag als auch bei nacht gleich wirksam kämpfen und besaß zudem auch noch die gabe des sprechens.

Aus dieser einsicht wuchs die erkenntnis des königs dass der Assys ein sehr ernstzunehmender gegner war und dass er unbedingt über die macht des weisen Bythos verfügen

musste wenn er überhaupt noch eine erfolgreiche aussicht
auf die erlangung des schwertes des Hewero haben wollte.
So verloren der könig und sein begleiter keine weitere zeit
mehr und machten sich auf den weg zum tor des verloren
geglaubten landes. Sie bestiegen die beiden soloken griffen
sich ein paar nützliche herumliegende waffen und ritten
los.

Was beide nicht erkannten war dass ihnen bereits ein
Klereo in einer ungefähren entfernung von einem ooak
folgte. Kurz nachdem sie ihren ritt begannen erklärte der
Hyno dass er den gedanken habe dass diese reise noch
viele nicht vorherzusehende aufgaben und schwierigkeiten
für sie bereithalten werde.
Daraufhin nickte der Hylino mit dem haupt.
Dann verließen die beiden die lichtung und erreichten das
letzte stück gewäld vor dem verloren geglaubten land ...

(Ende des ersten Bandes)